Johann Heinrich Bösenberg

Die verschlossene Thüre

Lustspiel in drey Aufzügen

Johann Heinrich Bösenberg

Die verschlossene Thüre
Lustspiel in drey Aufzügen

ISBN/EAN: 9783744626286

Hergestellt in Europa, USA, Kanada, Australien, Japan

Cover: Foto ©Andreas Hilbeck / pixelio.de

Weitere Bücher finden Sie auf **www.hansebooks.com**

Verschlossene Thüre

Lustspiel
in drey Aufzügen

Für das Churfürstl. Sächsische Hoftheater

---

von

Bisenberg.

Dreßden und Leipzig,
In Commission der Richterschen Buchhandlung.

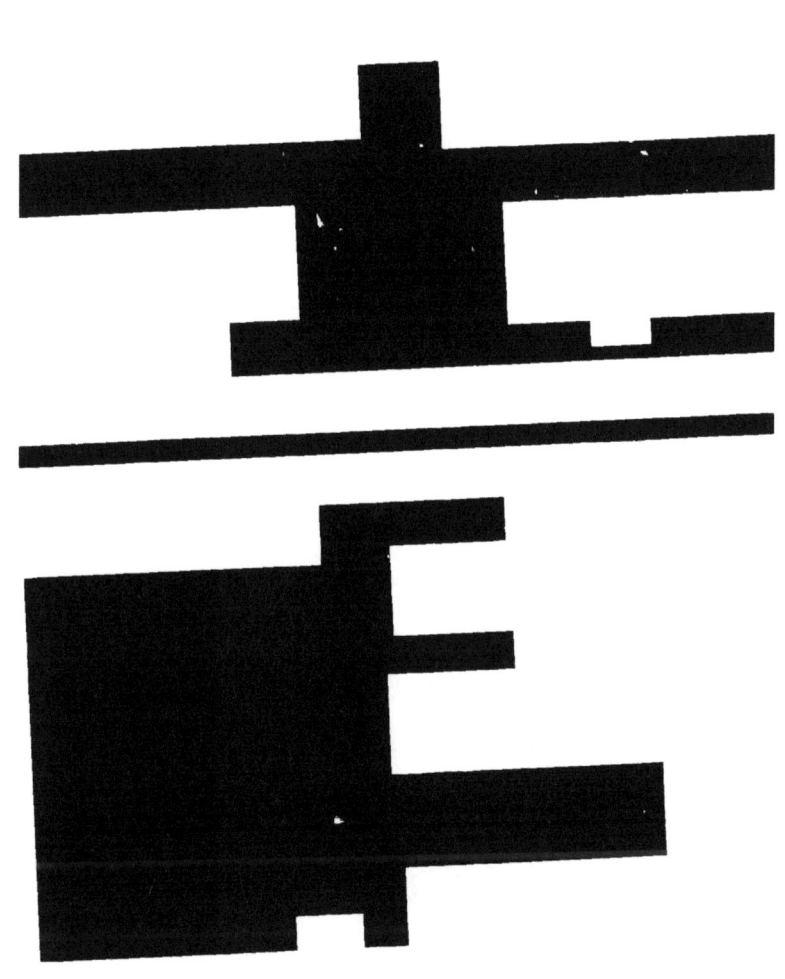

Erster Aufzug.

(Ein Saal mit zwey Thüren im Hintergrunde und einer Seitenthüre.)

Erster Auftritt.

Lorchen
(allein, sitzt und arbeitet an einer Haube.)

Ey so wollt' ich doch! Der Flor ist eben so unbiegsam und widerspenstig, als der Kopf meiner gnädigen Frau, der thut auch immer gerade das Gegentheil von dem, was ihr Herr Gemahl will. Ich weiß nicht, sie müssen sich doch wohl nicht so recht von Herzen lieben, sonst wärs unmöglich. Da lobe ich mir, Liebe um Gegenliebe, und wenn ich die nicht finde, so will ich auch keinen Mann haben. — Ey sieh doch! Am Ende wirds doch wohl noch eine hübsche Haube —

Zweyter Auftritt.

Lorchen. Friedrich (der einige Bücher trägt.)

Friedrich.
Ach! schönen guten Morgen, Mamsell Lorchen! Potztausend, was machen denn Sie schon so früh hier? (für sich

die Bücher ablegend) Das hat gewiß seine Ursachen, daß die hier ist.

Lorchen. Ich habe hier etwas zu nähen und in meinem Zimmer ist es so dunkel. — Ey verhext! was für einen Haufen schöner Bücher — die sind wohl alle für den gnädigen Herrn?

Friedrich. Zu dienen, mein Herzchen; das sind lauter neue Werke, die erst herausgekommen sind.

Lorchen. Ach, es ist was schönes um ein hübsches Buch. (besieht sie.)

Friedrich. Ja, sie kosten aber auch hübsches Geld. Besonders diese da. Das sind James Cooks Reisen um die Welt, mit lauter Kupfern. Sehe Sie einmal — das sind otaheitische Kammerjungfern; das sind ganz andre Mädchen, als hier zu Lande.

Lorchen. O pfui! die sind ja halb nackend!

Friedrich. Und wenn sie auch ganz nackend wären, das schadet nichts; sie sind doch zehnmal tugendhafter, als die Kammerjungfern unsers Landes. — Da seh Sie einmal — das sind Tänzerinnen, die kommen auch aus einem andern Kasten, als die unsrigen.

Lorchen. Ach geh' Er! wer weiß, ob es jemals solche Menschen gegeben! Der Verfasser macht den Leuten fürs Geld was weiß. — Und wer kann denn um die ganze Welt reisen?

Friedrich. So, das glaubt Sie nicht? — Als ich mit dem gnädigen Herrn auf Reisen war, da brauchten wir nur noch einen halben Tag, so wären wir rund herum gewesen; aber der Herr wollte nicht, da nahmen wir Extrapost und fuhren zu Lande zurück. Ja, mein liebes Mamsellchen, unser eins hat auch ein bischen die Welt gesehen, und kann aus Erfahrung sprechen.

Lorchen. Ach erzähl' Er mir doch ein Bischen, ich höre gern von fremden Ländern, und Er und der gnädige Herr haben wohl viel gesehen und viele Bekanntschaft gemacht, nicht wahr?

Friedrich. Das will ich glauben; aber der gnädige Herr doch mehr als ich.

Lorchen. So? Auch wohl mitunter Liebschaften? He? O erzähl' Er doch!

Friedrich. Warum nicht; ob wir nun davon reden oder von etwas anderm, das ist ein Thun. Höre Sie also. — Wie wir von hier abreisten, da gieng der Weg gerade nach dem schönen Italien und zwar nach der Hauptstadt Rom.

Lorchen. Nach Rom — Da ist wohl viel zu sehen?

Friedrich. O ja. Aber wir haben nichts gesehen, denn es war finstre Nacht und sehr schlechtes Wetter, als wir ankamen, wir wechselten also in der Geschwindigkeit Pferde, und reisten gerade durch nach Florenz. Aber, Teufel noch einmal! was machten wir da für Aufsehen!

Lorchen. Wie so?

Friedrich. Wir waren Ursache, daß alle Eisenbergwerke im ganzen Lande rein ausgegraben wurden.

Lorchen. Warum aber?

Friedrich. Darum, weil man unsertwegen doppelte Gitter vor die Fenster machen mußte; um nur die Ehemänner nicht ganz zur Verzweiflung zu bringen, reisten wir gleich wieder ab, und giengen nach Venedig. Allein das ist ein trauriger Ort; man darf nichts denken, so weiß es die Polizey, und die Männer sind noch eifersüchtiger als unsere gnädige Frau.

Lorchen. Hör' Er, Friedrich, da Er doch in Venedig war, so sag' Er mir doch! was hat es denn für eine Bewandniß mit der großen Bank, die da ist — hat Er die auch gesehen?

Friedrich. Gesehen? — Hm! ich habe wohl hundertmal darauf gesessen. Es ist eine excellente Bank, sehr prächtig, mit rothem Genueser Sammet ausgeschlagen, und mit Golde besetzt. Ach! da hat sich schon mancher recht darauf erquickt.

Lorchen. Bliebt Ihr lange dort?

Friedrich. Ueber vier und zwanzig Stunden! Hierauf giengen wir mit Extrapost über Spanien nach Madrid. Blitz nicht noch einmal! da hätte mein Herr können sein Glück machen, wenn er gewollt. Eine gewisse Marquisin von — von — nun, es ist gleichviel, der Name wird mir schon beyfallen — die wollte meinen Herrn zum Vizekönig von Peru machen, damit wir nur in Spanien bleiben sollten; aber da half kein Zureden, auf der Stelle reisten wir ab, und geradesweges über die Dardanellen, nach Constantinopel, besuchten den Großsultan, gaben im Serail einige Besuche, besahen die Tapetenfabrik allda, und reisten in die Christenheit, über Frankreich, England, Holland, Westphalen, Deutschland, in unser liebes Vaterland zurück. Ueberall wurden uns Netze gestellt, überall wollte man uns fangen; allein wir waren zu vorsichtig, bis wir hier endlich in der Schlinge gefangen wurden, die uns die gnädige Frau gelegt hat, und ich fürchte, wenn der gnädige Herr nicht bald dazu thut, so wird es ihm wie den Kramsvögeln gehn, nur mit dem Unterschied, daß jene an den rothen Beeren ersticken, und mein armer Herr an zu vieler Galle.

Lorchen. Aber ist es nicht seine eigene Schuld? Warum hält er alles vor der gnädigen Frau geheim? Warum hat er heimliche Liebeshändel außer dem Hause?

Friedrich. Heimliche Liebeshändel außer dem Hause?

Lorchen. Ja, ja! wenn diese Thüre hier nur reden könnte, da würden wir schöne Sachen erfahren.

Friedrich. Liebeshändel? Geheimnisse? wenn die Thür da reden könnte? — Was ist das für tolles Zeug unter einander? Was will Sie damit sagen?

Lorchen. Stelle Er sich wie Er will! Aus seiner Reisebeschreibung habe ich wohl gemerkt, daß Er mich zum Besten gehabt, aber es thut nichts! wenn Er mir auch nichts sagt, so weiß ich doch mehr als Er glaubt.

Friedrich. Aber was soll und kann ich Ihr denn sagen?

Lorchen. Ich weiß wohl, Er ist verschwiegen; aber sollte wohl seine Verschwiegenheit diese Probe aushalten?
(zeigt ihm Geld.)

Friedrich. Daran zweifle ich fast! Sie ist zwar vierzehnlöthig, und das ist doch gewiß fein; aber dem Anscheine nach ist Ihre Probiernadel noch feiner, und da mögte sie nun wohl nicht die Probe halten.

Lorchen. Diese zwey neuen Spezies sind sein, sobald Er mir sagt, was es mit diesem Zimmer für eine Bewandniß hat.

Friedrich. Her damit! Sie soll alles erfahren, was ich davon weiß; aber Notabene! es bleibt unter uns.

Lorchen. Versteht sich; keine Seele soll etwas erfahren, so wahr ich ehrlich bin!

Friedrich. Nun; dieses Zimmer hat nach der Gartenseite zu zwey große Fenster, es sind grüne Rouleaus davor, und in den Fenstern stehn Blumen aller Arten. Es ist nach dem neuesten Geschmack tapeziert und meublirt; da sind schöne Spiegel, Tische, Stühle, Uhren, Vasen, und vor allem ein Bette — ja, mein Seele! der Großmogul kann es nicht schöner haben.

Lorchen. Ach das ist es nicht, was ich zu wissen begehre.

Friedrich. Warte Sie nur, jetzt kömmt das Beste. Und diese Thüre hier wird sorgfältig verschlossen.

Lorchen. Hans Narr! Das weiß ich wohl, aber warum?

Friedrich. Darum, daß nicht hineingehe, wer nicht hinein soll.

Lorchen. Aber wer ist denn drinnen?

Friedrich. Mort de ma vie! ich wollte Sie hätte das nicht gefragt! Das ist eine kützliche Sache.

Lorchen. Warum, mein lieber Friedrich?

Friedrich. Ach, mein liebes Mamsell Lorchen, weil ich es selbst nicht weiß.

Lorchen. So! und Er glaubt, daß ich Ihm darum so viel Geld gegeben, damit er mir solch dummes Zeug weiß machen soll? Schon gut; wenn Er es mir nicht sagen will, so wird Er es der gnädigen Frau schon sagen müssen; die weiß schon Mittel, Ihn zum Reden zu bringen.

Friedrich. Das wird ihr auch ganz und gar nicht schwer fallen, zumal wenn sie sich des nämlichen Mittels bedient, das Sie bey mir gebraucht hat. Indessen dank' ich doch fürs erste, ob ich gleich gestehen muß, daß Sie wohl lange kein Geld schlechter angewandt hat als dieses, welches ich eben die Ehre gehabt habe, aus Ihren Händen zu empfangen. Sie kann aber, wenn Sie will, um diesen Preis jede Stunde die interessantesten Neuigkeiten von mir erfahren. Adjeu, mein Engel!

(geht mit den Büchern ab.)

Dritter Auftritt.

Lorchen allein.

Nun bin ich so klug wie zuvor. Hätt' ich nur dem Schlingel das Geld nicht gegeben! — Aber nur Geduld! ich spiele ihm schon wieder einen Possen. — Ich muß nur meine Haube —

Vierter Auftritt.

Von Belmont. Lorchen.

Belmont (sieht im Heraustreten nach der Uhr.) Ist es schon so spät? — Was macht Sie denn hier? Mit wem sprach Sie vorhin?

Lorchen. Wie Sie sehen, gnädiger Herr, ich mache eine Haube, und gebe zugleich meinen Gedanken Audienz.

Belmont. Hat Sie denn so viel zu denken?

Lorchen. Ach gnädiger Herr, so lange wir Mädchen unverheirathet sind, können wir beynahe vor lauter Denken nicht zu Gedanken kommen. Es geht uns wie den Herren Poeten.

Belmont. Nicht übel; denn gemeiniglich sind in den meisten Schriften dieser Herren die guten Gedanken so rar wie die Banknoten bey einem Bettler; doch versteht sich von selbst, ich meyne nur jene Klasse, die keinen Beruf zur Dichtkunst haben. — Jetzt lasse Sie mich allein; ich mögte auch gern einmal meinen Gedanken Audienz geben.

Lorchen. Der gnädige Herr haben zu befehlen und ich zu gehorchen.

Fünfter Auftritt.

Henriette. Vorige.

Henriette
(hat das letzte gehört und kömmt schnell hervor.)
Schön! Vortreflich! Der gnädige Herr haben zu befehlen und ich zu gehorchen.

Lorchen. Ja, gnädige Frau, ich kenne meine Schuldigkeit.

Henriette. Wenn Sie die kennt, so geh Sie den Augenblick, Sie hat hier nichts zu gehorchen. (Lorchen ab.) Doch, wo denke ich hin! Es ist sehr indiskret von mir, Sie [i]n einer vielleicht angenehmen Unterredung zu stören, ich [b]itte deswegen sehr um Vergebung. (lacht.)

Belmont. Sie haben nicht Ursache. Aber ich bitte, [er]sticken Sie dieses Lachen, es mögte Ihrer Gesundheit schädl[i]cher seyn, als wenn Sie durch Thränen Ihrem Herzen [Lu]ft machen. Ob Sie gleich zu keinem von beiden Ursach [ha]ben.

Henriette. O ich habe nur mehr als zu viel! Oder [gl]auben Sie etwa, daß ich nicht sehe und höre? — Diese [fü]r Sie so erniedrigende Vertraulichkeit hab' ich längst be[m]erkt: wenn gleich in meiner Gegenwart Ihr Mund [sch]weigt, so sind doch die Augen desto beredter, und winken sich die wärmste Freundschaft zu. Aber nur Geduld! auch dieses werd' ich abändern; wenigstens soll keine wieder in meine Dienste kommen, die nur noch die geringste Larve hat. Lauter Monstrums sollen mich in Zukunft bedienen.

Belmont. Wenn es Ihnen Vergnügen macht, so habe ich nichts dawider. (lacht.) Ich habe wirklich Mitleid mit Ihrer Schwäche, denn ich bin überzeugt, Ihre Eifersucht entsteht aus lauter Liebe, aus überfließender Zärtlichkeit für mich. Gestehn Sie es nur; nicht wahr, ich habe Recht?

Henriette. Nein, nein, Sie haben Unrecht. Warum sollt ich Zärtlichkeit für einen Mann haben, der keine für mich hat? dessen Herz und Liebe ich längst verloren, der mich nicht einmal des geringsten Vertrauens würdigt?

Belmont. Wenn Sie doch bedenken wollten, welch Unglück Sie sich selbst bereiten, weil Sie alles in einem falschen Lichte betrachten; Sie opfern nicht allein Ihre Gesundheit auf, sondern Sie rauben sich auch die Ruhe Ihrer Seele. Der Friede unsrer Tage schwindet dahin, wenn der Argwohn ferner sein Gift in Ihrem Herzen ausbreitet. Geben Sie doch der Vernunft Gehör, und auf mein Wort das Phantom der Eifersucht wird verschwinden.

Henriette (etwas beruhigt.) Es hängt blos von Ihnen ab, mich zu beruhigen. Sie haben es mir nun schon so oft betheuert, daß Sie mich lieben. Geben Sie mir jetzt einen Beweis davon, und sagen Sie mir die Ursach, warum Sie diese Thüre so sorgfältig vor mir verschließen.

Wie gern wollt' ich Ihrem Verlangen will.
ch kann, ich darf nicht. So strafbar ich
 Ihren Augen scheine, so glauben Sie mir
, in diesem Zimmer ist nichts verborgen,
it Recht unruhig seyn könnten. Haben Sie
Tage Geduld, dann sollen Sie alles erfah-
onen Sie mich jetzt mit einer Erklärung,
ch ist, und verbannen Sie doch den Gedan-
Sie nicht liebte. Bey Gott! ich habe Sie
t, als in diesem Augenblicke, wo Sie dar-

Leere Worte! Dann würden Sie kein Ver-
ben, mich so zu kränken. Denn was hat
von dem Verdrusse, den er seiner Frau
rückhaltendes Wesen verursacht?

Ist Ihr Geschlecht nicht selbst Schuld dar-
Die Geschichte älterer und neuerer Zeiten
 Beweise wider sie. Simson vertraute
s Geheimniß, weg war seine Stärke!

Und sie that recht! O, wüßte ich, daß
 Ihren Haaren steckte, Sie trügen schon
e. O Männer! Männer! Euch erlaubt
sind bloß geschaffen, Euren Augen zum
Eurem Geist zur Erholung zu dienen.
h noch keine gewagt hat, so will ich die
ll mein ganzes Geschlecht an diesen ge-

strengen Herren der Schöpfung rächen, ich will Ihnen zeigen, daß wir keine Puppen zum Spielen sind.

Belmont (lachend.) Schade, daß Sie keine Kinder haben, ich glaube, Sie würden Medea die Zweyte nicht übel spielen.

Henriette. Lachen Sie nur; wäre ich es, das Loos Ihrer Kreusa in dem Kabinet dort sollte schrecklicher seyn, als jener ihres. Aber kommt Zeit, kommt Rath! Ich werde schon Mittel finden, hinter dieses Geheimniß zu kommen, und dann wehe Ihnen!

Belmont. Ja es wird mir nun freylich schlimm gehen, um so mehr werde ich wohl auf meiner Hut seyn. Aber was wetten wir? Sie werden es nicht gewahr, wenn ic es Ihnen nicht freywillig sage; und wenn Sie vollend aus einem solchen Tone reden, so erfahren Sie es niemals ob es gleich eine Kleinigkeit ist.

Henriette. Um so viel boshafter ist es von Ihne daß Sie mir es nicht sagen wollen, da diese Kleinigkeit m fast zur Verzweiflung bringt. (weinend.) Es ist grausa von Ihnen, mich so zu quälen, da Sie doch wissen, w sehr ich Sie liebe. (schmeichelnd.) O, um dieser Liebe wille bitte, beschwöre ich Sie! entdecken Sie mir dieß Gehei niß, es soll bey mir so gut verwahrt seyn als bey Ihnen

Belmont. Sie vergessen Ihre vorige Drohung, u wahrlich! noch habe ich meine Haare zu lieb, um sie gen eine Perücke zu vertauschen.

Henriette. Ach vergeben Sie mir. An allem, w

ich vorhin sprach, hatte mein Herz keinen Antheil; Sie hatten mich aufgebracht, und nun sprach der Zorn aus mir. (schmeichelnd.) Nun, mein Månnchen, nicht wahr, Sie sagen mir, wer im Kabinet ist?

Belmont. Quålen Sie mich nicht. Ich würde es Ihnen gutwillig sagen; aber ich habe mein Ehrenwort gegeben.

Henriette. Ihr Ehrenwort? Freylich das müssen Sie halten, denn der Gegenstand ist wichtig; das zärtliche Dåmchen mögte Repressalien gebrauchen, und es ist gefährlich, sich dem Zorne einer Dame auszusetzen.

Belmont (lachend.) Da haben Sie vollkommen Recht, s ist gefährlich! und ich fürchte, ich habe mich schon mehr ls zu viel dieser Gefahr ausgesetzt; am besten also, ich ehe. (klingelt.)

Henriette. Nein, mein Herr, so kommen Sie nicht von — Sie sollen und müssen mir sagen, wer in diesem abinet ist.

Sechster Auftritt.

Friedrich. Vorige.

Friedrich.

Was befehlen Ihro Gnaden?

Belmont. Kleide Er mich vollends an.

Friedrich. Was für ein Kleid befehlen Ihro Gna-
 ?

Belmont. Das, welches ich vorgestern anhatte.

Friedrich. Ihro Gnaden haben vergessen, daß es auf Ihren Befehl zum Schneider gebracht ist.

Belmont. So bring' Er mir das grüne gestickte.

(Friedrich geht ab.)

Henriette. So ist's recht. Das ist das wahre Kleid zu Eroberungen. Ihrer Schönen zu Ehren, müssen Sie freylich recht elegant erscheinen.

(Friedrich kömmt mit dem verlangten Kleide.)

Belmont. Gestehen Sie es nur, diesem Kleide sind Sie noch recht gut, denn eben in diesem Kleide habe ich Ihr schönes Herz erobert.

Henriette. Ja, und jetzt ist das Kleid in meinen Augen noch mehr werth, als der Mann. Hat Er denn keine Augen, Friedrich? sieht Er nicht, daß die Frisur schief ist? — Ihnen zu zeigen, wie gefällig ich bin, so erlauben Sie mir etwas zu Ihrer Vervollkommung beyzutragen. (springt hin zu und ruinirt die Locken.) So! (höhnisch lachend.) Ihr Friseur hat Sie schlecht bedient.

Friedrich (für sich.) Die ist heute einmal wieder übeln Humors. (geht.)

Belmont. Soviel ich merke, ist es Ihnen um mein angenehme Gegenwart zu thun; Sie sollen Ihren Willen haben, ich bleibe zu Hause.

Henriette. O geniren Sie sich um meinetwillen nicht, Gehn Sie ja hin, man erwartet Sie mit Ungeduld! —

(drohend.) Aber ich werde mir die Freyheit nehmen, auch wohin zu gehen.

Belmont. Nach Ihrem Belieben, Madam, wie Sie wollen, wohin Sie wollen, Sie haben in allem freyen Willen; ich will Sie sogar begleiten, wenn Sie befehlen.

Henriette. Nein, ich will Sie nicht aufhalten; ich kann ohnehin den Weg zu meinem Vater allein finden. Zittern Sie, wenn ich ihm alles entdecke.

Belmont. Himmel! Sie machen mir Angst und bange! Das werden Sie doch Ihrem Sie liebenden Mann nicht zum Aerger thun?

Henriette. Ja, mein Herr! Und durch seine und der Gesetze Hülfe will ich mir schon Recht schaffen.

Belmont (immer kaltblütig.) O ganz gewiß; ich zweifle gar nicht.

Henriette. Dem Himmel sey Dank! mein Vermögen ist groß genug, um anständig davon leben zu können.

Belmont. Ja, dem Himmel seys gedankt! das ists. Es ist ein ansehnliches Kapital, und sobald Sie wieder im Besitz desselben sind, können Sie vollkommen davon leben.

Henriette. Es ist das meinige, und wer will es mir vorenthalten? — Noch einmal, ehe ich gehe. Wollen Sie mir nicht sagen, wer oder was in dem Kabinet ist?

Belmont. Nein.

Henriette. Nun so gehe ich gleich zu meinem Vater — und damit Sie es nur wissen: Ihr Haus betrete ich nie wieder. (geht.)

Siebenter Auftritt.

Belmont (ihr nachrufend.)

Ich zweifle, daß Sie Wort halten. (allein) Himmel! wie sehr kann doch Eifersucht das Herz verderben! Ihr ganzes Wesen ist nicht mehr dasselbe; ihr himmlisches Auge, sonst so sanft und freundlich, ist jetzt voll Wuth und ungerechtem Verdacht: ihr Mund, nur gewohnt zu lächeln, verzieht sich und giebt dem Gesicht ein ganz andres Ansehn. — Und das alles wegen einer Kleinigkeit. — Gern hätt' ich ihr den Verdacht benommen; aber kann ich es, ohne an meinem Freunde zum Verräther zu werden? — Ihr Argwohn vergiftet zwar jetzt meine Tage, aber nicht meine Tugend, meine Treue. — Doch die Zeit ist kostbar. (verschließt die Thüren, klopft alsdann an die Thüre des Kabinets.) Freund, mach' auf und komm! das Feld ist rein.

Achter Auftritt.

Baron Pens. Belmont.

Pens (ihn umarmend.)

Freund, was hab ich gehört? Ich schäme mich beynahe vor Deinen Augen zu erscheinen, vergieb —

Belmont. Was soll ich Dir vergeben? Du hast mich ja nicht beleidigt.

Pens. Ist das nicht genug, daß ich die Ursache von alle dem Verdruß bin, den Du mit Deiner Gemahlin hast?

Störe ich nicht Dein häusliches Glück? — Gott! was für schreckliche Folgen zieht nicht dieser unbedachtsame Schritt nach sich? — So ungegründet auch der Verdacht Deiner Gemahlin ist, wird sie nicht, dadurch angereizt, alles/an. wenden, und —

Belmont. Hier einbrechen? — Sey ohne Sorgen, ich werde schon auf meiner Hut seyn. Bis jetzt weiß sie noch von nichts. Ihr Verdacht ist mir lächerlich; sie glaubt, ich halte eine Dame hier verborgen, und daher kommt ihre Eifersucht. Diese wird verschwinden, sobald sie die wahre Ursache erfährt; nur ist es bis jetzt dazu noch nicht Zeit. Genug, Du hast mein Ehrenwort, und nichts in der Welt wird mich dahin bringen, es zu brechen, selbst meine Frau mit ihrer Eifersucht nicht. Sey also ruhig. — Nun zu Deiner Sache, Freund! Ich habe heute zwey Briefe erhalten. Hier lies.

(giebt ihm zwey Briefe.)

Pens. (liest.) „Bernstraf ist auf einem seiner Güter. „Wie es aber jetzt mit ihm steht, kann ich nicht erfahren. „Man spricht von einem Fremden, der bey der Sache mit „interessirt seyn soll; niemand aber kann mir sagen, wer „der Fremde ist; er soll sich überall sehr genau nach Dir „erkundigt haben. Dein Vater ist äußerst aufgebracht, und „ich fürchte, die Sache wird am Ende schlimme Folgen für „Dich haben. Alles, was Du jetzt thun kannst, ist, auf

„Deiner Hut zu seyn. Solltest Du Deinen Aufentha
„verändern; so gieb vor allem Nachricht

Deinem

D**.

(liest den zweyten.)

„Karoline, bey der ich eben gewesen bin, schwört, da
„sie von allem, was vorgefallen, nicht die geringste Ur
„sache anzugeben wisse. Man hat ihr mit einem Kloste
„gedroht: Nach langem Flehen hab' ich ihr endlic
„Deinen Aufenthalt entdeckt; sie ist abgereist, und Kar
„begleitet sie."

Himmel, Belmont, Karoline wird mich hier aufsuchen —
was ist nun anzufangen? Rathe, Freund!

Belmont. Das erste, was Du zu thun hast, ist
Deinen Vater zu besänftigen; zweytens müssen wir all
Vorsicht gebrauchen, falls Deine Sache wegen Vern
strafs eine für Dich nachtheilige Wendung nehmen soll
te. Karolinens wegen rathe ich Dir, sie nicht zu spre
chen. Hebe lieber die Verbindung mit ihr auf; denn
durch diese bist Du ohne alle Rettung verloren; auch bist
Du dieses Opfer Deiner Ehre schuldig.

Pens. Belmont, Du bist mein Freund, aber Du
kennst den Zustand meines Herzens nicht, weißt nicht, wie
bereit man ist, das zu vertheidigen, was man untadelhaft
wünscht.

Belmont. Würdest Du aber dadurch nicht selbst
Antheil an dem Laster nehmen? Würde nicht die Welt

die Dich jetzt entschuldigt, gezwungen seyn, Dich zu verdammen? Hast Du vergessen, wie sehr sie Dich beleidigte? Nein, Freund, glaube mir, sie ist Deiner Liebe, Deiner Achtung unwürdig.

Pens. Es ist wahr, sie hat meine Zärtlichkeit, meine großmüthigen Wohlthaten mit Verachtung erwiedert, sie wurde treulos, ich fand sie in den Armen eines Andern, den ich auf der Stelle bestrafte, und schon wollte ich meine Rache auch an ihr nehmen, aber ein Blick von ihr dämpfte meinen Zorn, und dieses Herz, Belmont, dieses Herz, das nur eines Eindrucks fähig ist, bleibt immer bereit, auch den schwächsten Beweisen ihrer Unschuld das größte Gewicht zu geben.

Belmont. Bedauernswürdiger Freund! ungeachtet meiner Bemühungen, Dich zu überzeugen, Dich glücklich zu sehn, scheinst Du doch nicht abgeneigt, Dich wieder mit ihr zu versöhnen. Aber höre: solltest Du schwach genug seyn, diese Thorheit zu begehen, so wisse, daß alles, was ich bisher für Dich gethan, vergebens geschehen ist. Dein Vater, Deine ganze Familie würden Dich verstoßen, und alle Hofnung zur Aussöhnung ist auf immer verschwunden.

Pens. Ach ich kenne die Gefahr nur zu gut, der ich mich durch eine Aussöhnung mit ihr aussetze. Allein ich fühle, daß sie ungeachtet aller ihrer Vergehungen doch noch zu viel Gewalt über mein Herz hat; — eine einzige Thräne würde sich dieses unentschloßnen Herzens bemeistern, — vielleicht gar eine falsche Thräne, und ich würde unfähig seyn, sie zu erkennen. Doch, Belmont, mir fällt eben ein — Wie, wenn sie nun ausdrücklich hergekommen wäre, mich zu sprechen, soll ich es ihr abschlagen? würde ich nicht dadurch ihren Anblick zu fürchten scheinen? Wer von uns Beiden hat das Recht, einander Vorwürfe zu machen, ich oder sie?

Belmont. Wie gern wollt' ich ihr Betragen entschuldigen! aber aller Schein ist wider sie. Drum, Freund, noch einmal beschwöre ich Dich; um Deines Glücks, um der Ruhe Deiner künftigen Tage willen, vermeide ihre Gegenwart, sprich sie nicht.

Pens. Gut, ich verspreche es Dir, ich will sie nicht sehen, so viel es auch meinem Herzen kostet. Aber eins versprich mir dagegen —

Belmont. Und was?

Pens. Nachrichten von ihr einzuziehn, sie vor Verfolgungen zu schützen; denn sie soll nicht büßen, was ich verschuldete.

Belmont. Gut, das verspreche ich Dir. — Ich hoffe, daß unser Minister bereits zurückgekommen; ich werde gleich bey ihm vorfahren, um Nachrichten von Bernstraf einzuziehen, damit wir unsre Maaßregeln darnach nehmen können; vor allen aber mußt Du hier Dich noch verborgen halten.

Pens. Nein, kann ich, darf ich wegen des Bernstraf-
schen Hauses noch nicht zurück, so bleibe ich keine Stunde länger hier; es ist meine Pflicht, die Ruhe Deines
Hauses herzustellen.

Belmont. Wie, Du willst fort, und wohin? Ist
wohl ein Ort, wo Du sicherer seyn kannst, in den Armen
der Freundschaft?

Pens. Ich gehe nach England und bleibe dort, so
lange bis die Sache geendigt, oder bis ich durch meiner
Freunde Vermittelung wieder mit Allen ausgesöhnt bin.

Belmont. Würdest Du aber auch dort für Bernstrafs
Rache gesichert seyn? Du weißt, der Vater Deines Geg-
ners ist ein Mann von großem Ansehen; der Hof ist ihm
gewogen, und ich fürchte, er wird alle Minen springen
lassen, um Dich zu stürzen. Darum folge meinem Rath,
bleib noch einige Zeit hier verborgen; ich will indessen alle
Mittel versuchen, und — (man klopft) Himmel man
kömmt! — (man klopft stärker) Hurtig, Freund, ins Kabinet, verschließe alles wohl von innen.

(Pens geht hinein und verschließt von innen, Belmont von außen.)

Henriette (in der Szene.) Nun, wirds bald?

Belmont. Sogleich; nur einen Augenblick Geduld!

Neunter Auftritt.

Von Belmont. Henriette.

Belmont.

Wie, was seh' ich? Haben Sie Ihre Gesinnung so bald geändert? O das wußte ich voraus, daß Ihr Zorn nicht lange anhalten würde. (küßt ihr die Hand.) Ihr Zurückkommen ist mir der stärkste Beweis Ihrer Liebe zu mir, und nun danke ich Ihnen von ganzem Herzen für Ihre Zärtlichkeit.

Henriette. O, mein Herr, diese Verstellung kleidet Sie sehr übel. Ich bin überzeugt, daß Sie es sehr gerne gesehn, wenn ich meinen Vorsatz ausgeführt, und Ihr Haus nicht wieder betreten hätte. Aber nein! jetzt will ich bleiben, und wäre es auch nur, um Sie zu quälen. (setzt sich.)

Belmont. Ists möglich, daß Sie, mit einem sonst so zärtlichen Herzen, ein Vergnügen daran finden können, Ihren Mann zu quälen? ja, sogar es sich zum Gesetze machen, ihm alle Zärtlichkeit mit Haß zu belohnen? Hat meine Liebe, meine Achtung für Sie wohl dieses Betragen verdient?

Henriette. Sie haben noch weit mehr verdient. Sie sind ein falscher treuloser Mann!

Belmont. Ich errathe, was Sie wollen; doch ich versichere Sie, Sie werden Ihren Zweck nicht erreichen; denn viel Mühe Sie sich auch geben, mein Blut in Wallung zu bringen, so sehr werd' ich mich bestreben, kalt zu bleiben.

Henriette. Freylich, weil Sie überzeugt sind, daß Sie mich nicht empfindlicher kränken können, als durch Ihr kaltes, gleichgültiges Betragen.

Belmont. Glauben Sie mir, der Argwohn hat seine eignen Augen — er hält Schattenbilder für Wirklichkeit.

Henriette. So? Ist das verschloßne Zimmer auch ein Schattenbild? Verschließt man sich auch vor einer Frau, die man liebt, wenn nicht strafbare Absichten die Veranlassung dazu sind? Und war das auch ein Schattenbild, mit dem Sie sich unterredeten, als ich jetzt zu Hause kam?

Belmont. Wie? ich hätte mich hier mit jemand unterredet? (nimmt ein Buch vom Tische.) Madame, Ihre Einbildungskraft spielt Ihnen wieder einen üblen Streich, denn was Sie gehört haben, war ich selbst; ich las, um mich zu zerstreuen, in diesem Buche.

Henriette (nimmt das Buch.) Der Inhalt muß sehr unterhaltend seyn, weil Sie sich so hinein vertieft hatten, daß Sie mich nicht einmal klopfen hörten. (findet ein beschriebenes Blatt.) Vortrefflich! o herrlich! mein gnädiger Herr. Weil Sie Ihre Schöne nicht sehen, so bedienen Sie sich des Schreibens — freylich Liebhaber sind ungeduldig. — Himmel! gar Verse —

Würde mein heißer Seelenwunsch Erfüllung —
Brächte ein gütig Geschick mich Dir entgegen,
eine flügelschnelle Minute in Deinem Himmel zu ath
men —
Seliger wäre ich dann!

(wirft es hin.) Ja das glaube ich, daß Sie dann seli
ger wären als bey mir. — Nun? Nun ist es ja kla
am Tage, warum Sie sich einschließen, damit Sie nich
im Versemachen gestört werden. (ließt das Blatt noch ein
mal.) „An die Geliebte" — Schön gegeben.

Belmont. Wenn Sie doch einen Blick in das Buc
thun wollten, so würden Sie bald sehen, wer der Ver
fasser dieses Gedichts ist, und —

Henriette. Es habe es gemacht wer da will,
haben Sie sich des Dichters Gedanken zu Ihrer niedr
gen Absicht bedient. Himmel! für was für einfältig
Geschöpfe werden wir Weiber doch angesehn! Man glaub
uns weiß machen zu können, was man will.

Belmont. Ich schwöre Ihnen —

Henriette. O es giebt Menschen, die mit Eiden spi
len und die feyerlichsten verletzen.

Belmont. Nein, Sie müssen es mir auf mein Wo
glauben; denn wenn erst dieses nicht mehr unter uns sta
findet, so ist es mit unserm Glücke aus.

Henriette. O, es ist aus, es ist aus! Ich habe d
kräftigsten Beweise von Ihrer Untreue.

Belmont. Das geht zu weit — Schweigen Sie,
oder bey Gott! meine Geduld hat ein Ende, und ich zeige
Ihnen — doch am besten, ich gehe.

(geht ab.)

Zehnter Auftritt.

Henriette allein.

Ach, wie froh er ist, daß dieser Streit ihm Gelegenheit giebt, mich zu verlassen; aber ich werde mich schon für diese Verachtung zu rächen wissen. — (klingelt.) Fürs erste muß ich suchen, in dieses Kabinet zu kommen.

Eilfter Auftritt.

Henriette. Lorchen.

Henriette.

Warum kommst Du denn nicht, wenn ich Dich rufen lasse? Seit wann ist es denn Mode, daß man auf die Bedienten warten muß? — Ich glaube, alles hat sich wider mich verschworen.

Lorchen. Gnädige Frau, Sie befahlen mir, ich sollte Ihnen nicht wieder vor die Augen kommen; ich habe also Ihrem Befehl nachgelebt, meine Sachen eingepackt, und wollte —

Henriette. Und das könnteſt Du über Dein Herz bringen mich zu verlaſſen, jetzt wo mich alles verläßt? wo ich keinen Menſchen habe, dem ich meinen Kummer vertrauen kann? Hab' ich das um Dich verdient, Lorchen? Oder iſt mein Argwohn gegründet, biſt Du auch auf der Seite meines ungetreuen Gemahls?

Lorchen. Gnädige Frau, ich hoffe nicht, daß ich Ihnen Urſache gegeben, ſo etwas von mir zu denken. Ich werde Ihr gnädiges Zutrauen nie misbrauchen. Ihr Herr Gemahl —

Henriette. Nun, mein Gemahl?

Lorchen. Kam vorhin in dieſes Zimmer. Ich war eben beſchäftigt eine Haube zu machen. Er befahl mir das Zimmer zu verlaſſen; es war alſo meine Schuldigkeit zu gehorchen, und ich war im Begriff zu gehn, als Sie hereintraten.

Henriette. Sieh nur, Lorchen, alles was vorhin aus mir ſprach, war gekränkte, verſchmähte, betrogene Liebe. Mein Gemahl — o warum mußte unter Allen, die ſich um mich bewarben, meine Wahl gerade auf ihn fallen, den unwürdigſten unter Allen!

Lorchen. Ihre Wahl macht Ihrem Herzen Ehre, und der gnädige Herr verdiente dieſen Vorzug vor allen Andern. Sein einnehmendes Betragen, ſeine vortheilhafte Bildung, und was noch mehr als alles das, ſein vortrefliches Herz

Hochachtung für Sie, rechtfertigt Ihre Wahl vor der ganzen Welt.

Henriette. Du sprichst ja im Tone des Entzückens von ihm? Sollt' ich mich doch nicht geirrt haben? — Deine Vertheidigung —

Lorchen. Gnädige Frau, erlauben Sie, ich vertheidige den gnädigen Herrn nicht, ich lasse ihm nur Gerechtigkeit wiederfahren, und Sie selbst haben mir ehemals alle diese Eigenschaften mit denselben Worten gerühmt.

Henriette. Ach, sie waren ihm nur so lange eigen, bis er sich meines Herzens bemeistert hatte; aber kaum war er im Besitz desselben, so legte er diese Maske ab, und zeigte sich in seiner wahren Gestalt. Aus dem sanften, gefälligen Liebhaber wurde der kalte, gebietrische Ehemann, der es sich zum Gesetz machte, nichts von alle dem zu halten, was er als Liebhaber versprach. O wie mächtig ist der Unterschied zwischen beiden!

Lorchen. Ich kann zwar darüber nicht urtheilen, denn Liebhaber hab' ich wohl gehabt, aber noch keinen Mann. Doch Ihre Gnaden reden aus Erfahrung, und demnach zu urtheilen, ist unser Geschlecht recht zu beklagen. O pfui über die treulosen Männer! — Doch man muß hoffen, daß sie nicht alle so denken!

Henriette. Da hoffst Du vergebens, es ist einer wie der andre. Ich will Dir sagen, wie sie sind. So lange wir noch unverheyrathet und in Freyheit leben, da kommen die Schlangen und winden sich und kriechen, da sind wir Engel, Grazien, Göttinnen; jeder unserer Winke ist Befehl für sie; sie lesen aus unsern Blicken, was nie darinnen war; selbst unsere gröbsten Fehler sind allerliebste Artigkeiten; da lächelt unser Rosenmund, und unser himmlisches Auge stralt Wonne; da haben wir reizende Füße und göttliche Hände. Aber sobald wir die Thorheit begehen, ihnen diese göttliche Hand zu reichen, sobald das Ja über unsre Lippen ist, verändert sich die Szene und alles bekömmt eine andre Gestalt; die Freyheit ist verloren, die Rosenketten verschwinden, und wir fühlen das Joch des Ehestandes. Kurz, aus dem Engel, der Grazie, der Göttin, wird ein Weib, die den Befehlen des Mannes gehorchen muß.

Lorchen. Ach, das Gott erbarm! steht es so um den Ehestand? Die verhexten Mannsleute! Ja, ja! dergleichen Süßigkeiten und schöne Namen haben mir auch schon manche beygelegt — ach, ich habe sie unmöglich alle behalten können! Noch kürzlich nannte mich einer gar Venus! Aber gewiß und wahr! jetzt soll mir einer zu nahe kommen! ich will ihm schon zeigen, daß ich meine Nägel nicht umsonst an den Fingern habe. Ich will mein ganzes Geschlecht aufbieten, um an diesen saubern Musjes Rache zu nehmen. Und da der gnädige Herr nicht um ein Haar besser ist als andre, so dächt' ich unmaßgeblich, Ihr Gnaden rächten sich auch an ihm, damit er sieht, daß Sie auch Galle haben.

Henriette. Das ist eben jetzt mein Vorhaben, und Du sollst mir behülflich dazu seyn.

Lorchen. Von Herzen gern! Wir wollen ihnen schon zeigen, daß, ob wir gleich ein paar Tage später auf die Welt gekommen sind, wir doch so gut unser Köpfchen haben als sie.

Henriette. Höre also. Weißt Du mir nicht zu sagen, warum mein Mann hier diese Thüre seit einigen Tagen immer so sorgfältig verschließt? und was, oder wen er darin verborgen hält?

Lorchen. Ach, gnädige Frau, ist es Ihnen auch schon aufgefallen? Ja, ja, da steckt was! O, die Männer, die Männer! verdienen sie es wohl, daß wir uns um ihrentwillen soviel Kummer und schlaflose Nächte machen?

Henriette. Wie, Du weißt es also? Komm her, Lorchen, da nimm! (giebt ihr Geld.) Und das blaue Atlaskleid ist auch Dein; aber nun sage mir alles was Du weißt. Was ist es für eine Kreatur, die er hier verbirgt?

Lorchen. Gesehn hab' ich das Weibsbild nicht: aber gnädige Frau, gewiß und wahr! viel muß nicht an ihr seyn, weil Sie sich nicht ans Tageslicht traut. Sie steckt schon über sechs Tage drinn, denn so lange ungefähr habe ich bemerkt, daß der gnädige Herr die Thüre verschließt. Um vor allem Ueberfall sicher zu

und so bald es Essenszeit ist, darf keiner sich unterstehen, hier sich aufzuhalten. Also ist gewiß jemand drinnen. Ist es nun kein Frauenzimmer, so steckt sicher so was von Freymaurergeisterey dahinter.

Henriette. Ach Narrenspossen! Da brauchte er nicht so vorsichtig zu thun, denn das ganze Geheimniß kauft man jetzt für acht Groschen. Nein, nein! mein Argwohn ist gegründet — es ist ein Frauenzimmer darinne.

Lorchen. Ja, gnädige Frau, das ist mir auch das wahrscheinlichste. Noch eins. Unser neuer Bedienter Valentin ist des Herrn Vertrauter, denn ich habe den Dummkopf oft mit dem gnädigen Herrn im Gespräche angetroffen — Wie wäre es, wenn wir suchten, in Guten oder Bösen etwas von dem Kerl herauszubringen?

Henriette. Auch gut. Allein, sobald wir heute wieder allein sind, hole mir gleich einen Schlosser; ich will die Thür öffnen lassen. Ich will ihm den Beweis seiner Untreue vor Augen stellen, und habe ich das, sogleich dieses Haus verlassen; dann gehe ich zu meinem Vater, entdecke ihm meine Schmach, und durch seine Hülfe sollen die Gesetze mich an dem Treulosen rächen.

Lorchen. Aber, gnädige Frau, gesetzt, wir finden nun nicht, was wir suchen; was fangen wir dann an?

Henriette. So ist doch meine Neugier gestillt, und für das Uebrige laß, mich sorgen. Fürs erste bestelle den Schlosser, und suche dann den Valentin auszuforschen. Aber das rath' ich Dir, sey verschwiegen.

(geht ab.)

Lorchen (im Abgehen.) Sorgen Sie nicht, gnädige Frau! von mir soll kein Mensch etwas erfahren.

(Der Vorhang fällt.)

Zweyter Aufzug.

(Ein Saal mit zwey Thüren im Hintergrunde und einer Seitenthüre.)

Erster Auftritt.

Lorchen. Ein Schlossergeselle.

Lorchen.
Komm' Er, komm' Er, Freund, hurtig das Schloß hier aufgemacht.

Schlosser. Ja ja! Damit wollen wir wie im Wips fertig seyn.

Lorchen. Aber auch hübsch vorsichtig, damit er an dem Schlosse nichts verdirbt.

Schlosser. Da seyn Sie nur ohne alle Sorgen, das weiß unser eins schon zu machen. Doch mit Gunst! Mammeselgen, die gnädige Herrschaft weiß doch davon? Denn mein Herr Meister sagte — „Breslauer," sagte er, „nehm' „Er sich in Acht, und mache Er kein Schloß ohne Vorwissen „der gnädigen Herrschaft auf; denn," sagte er, „man kann „oft über so etwas in des Henkers Küche kommen." Drum Mammeselgen, sehen Sie, sonst käme es auf meine Jacke.

C

Lorchen. Sey Er unbesorgt, Herr Breslauer, die Herrschaft weiß es; und wenn sie es auch nicht wüßte, so hat das nichts zu sagen, ich stehe für alles. Also mach' Er nur auf.

Schlosser. Ja, das lasse ich wohl bleiben! Unser eins hat viel zu verantworten, denn uns vertraut man viel an. „Wenn ein Schlosser ein Schelm ist," sagt mein Herr Meister, „so ist das ganze Land verloren." Drum Mammesellgen, sehn Sie, Sie rufen die gnädige Herrschaft, oder den Herrn Hausverwalter, sonst rühre ich das Schloß nicht an.

(will fort.)

Lorchen. Nun so wart' Er doch! — Da sein Herr Meister so sehr vorsichtig ist, so wundere ich mich, daß er nicht selbst hergekommen.

Schlosser. Mit Gunst! das ist gleich viel, Meister oder Geselle; wir sind alle ehrlich, und der Herr Meister muß heute bey der Handwerkslade seyn, wir haben Auflage. Ich muß auch noch hin; drum machen Sie nur geschwind.

Lorchen (geht an die eine Hinterthür und ruft.) Gnädige Frau, wollen Sie die Gnade haben — Hier ist der Schlosser, er will nicht aufmachen, Ihr Gnaden müßten dabey seyn.

Zweyter Auftritt.

Henriette. Vorige.

Henriette.

Was macht Er denn für Umstände? — Ich habe den Hauptschlüssel verlegt, sonst brauchť ich Ihn nicht. Also mach' Er auf, und damit gut.

Schlosser. J, so ein Schloß ist im Wips auf; aber mit Gunst! alles muß seine Ordnung haben.

(arbeitet an dem Schlosse.)

Henriette (zu Lorchen.) Ich glaube, sogar die Schlosser sind von ihm bestochen.

Lorchen. Beynahe glaub' ich's selbst! — Nun — mit Gunst! jetzt kann Er es wohl nicht einmal aufmachen, Herr Breslauer?

Schlosser. Wie meynen Sie — nicht aufmachen? Ja, wenn wir wiederum singen! Da müßt' ich des Schmidts Tochter nicht kennen! — Aber es ist doch bey alledem ein Kapitalschloß! es ist mit einem ff. und die haben den Henker im Leibe. Na — so! — willste — Da; offen ist es! — Aber — ho ho! wenn Sie die Thüre auch aufhaben wollen, so werden Sie nach einem Zimmermann schicken, denn mit Gunst! es ist auf der innern Seite noch ein Schloß, oder starke Riegel, eins von beyden; und ohne

Art geht es nicht auf, oder Sie müssen mit Gunst! durchs Fenster steigen.

Lorchen. Das wäre schon längst geschehen, aber sie sind verglittert.

Schlosser. Ja, das ist ein andres Pflaster, sagt der Feldscheerer. Nun ich habe das meinige gethan, dafür bekomme ich vier Groschen.

Lorchen. Hier hat Er sein Geld, nun kann Er gehen.

Schlosser. Ganz richtig. Bedanke mich. Adjes!
(ab.)

Dritter Auftritt.

Lorchen. Henriette.

Lorchen.

Nun, gnädige Frau? Jetzt sind wir um nichts gebessert. — Die verwünschte Thüre! — Ach mir fällt etwas ein — sollte nicht etwa so ein geheimes Druckwerk, oder irgend ein verborgener Schieber an der Thür seyn? (sehen beide nach.) Hier ist nichts — da auch nichts; es ist doch fatal! Soll ich einen Zimmermann holen lassen, gnädige Frau?

Henriette. Bey Leibe nicht! wir kommen doch wohl noch dahinter. — Höre, da Du von Friedrichen nichts hast

schen suchen; vielleicht plaudert der in seiner Dummheit mehr, als wir wissen wollen. Geh, schick ihn her.

Lorchen. Ganz wohl, gnädige Frau.

(ab.)

Vierter Auftritt.

Henriette allein.

So sind die Männer! nicht die geringste Gefälligkeit haben sie für uns arme Weiber. Der Mund verspricht Liebe, Treue, beschwört es wohl gar hundertmal in einer Stunde, und das Herz weiß keinen Buchstaben davon. Die unbedeutendsten Sachen schlagen sie uns ab; denn giebt es wohl eine erbärmlichere Kleinigkeit, als, mir zu sagen, warum er dieses Zimmer verschließt? Aber nein, meine Bitten sind umsonst! Da kommt er mit einer Schafsmiene angezogen: Gedulden Sie sich doch — Sie sollen ja alles erfahren — nur jetzt nicht — Und eben jetzt will ich es wissen, und sollt' ich auch das Zimmer darüber in Brand stecken. Ha, da kömmt der Tölpel!

Fünfter Auftritt.

Henriette. Valentin.

Henriette.

Nur näher, Valentin! ich hab' Euch etwas zu sagen.

dige Frau.

Henriette. Ihr seyd heute mit Eurem Herrn ausgefahren; wohin waret Ihr?

Valentin. Hm — Heute? Ja, recht. Da waren wir erst bey dem Herrn Minister auf der rothen Straße, ich weiß nicht wie er heißt.

Henriette. Gut, ich weiß's schon; — und von dort? —

Valentin. Von dort ist der gnädige Herr nach der Stadt London gefahren, und von da hieher nach Hause.

Henriette. Ich weiß, daß Ihr das Vertrauen Eures Herrn besitzt, weil Ihr ein kluger verschwiegener Bursche seyd; ich bin daher nicht abgeneigt, Euch auch das meinige zu schenken. Allein ich muß vorher wissen, ob Ihr auch desselben würdig seyt. Beantwortet mir also zuerst aufrichtig, was ich Euch jetzt frage.

Valentin. Ganz wohl. Fragen Sie nur dreist, ich will wohl antworten.

Henriette. Ich habe wohl gesehn, daß Ihr seit einiger Zeit viele Briefe zu bestellen habt, wohin müßt Ihr die tragen?

Valentin. Auf die Post, und hier hin und dort hin.

Henriette. So! Aber nach was für Urtheil gehn sie, und habt Ihr nicht so behalten, an wen sie sind? — waren nicht auch oft welche an Frauenzimmer dabey?

Valentin. Ja das kann nun wohl seyn, aber ich weiß es nicht, denn ich kann es nicht lesen, es ist französisch.

Henriette (für sich.) Aha! darum muß sie dieser Einfaltspinsel bestellen. (laut) Hört, wenn Euch der Herr wieder welche giebt, so bringt sie erst zu mir, damit ich sehe, an wen sie sind; ich habe meine Ursachen, warum ich das thue.

Valentin (lacht.) Ja, das soll wohl seyn! Aber nehmen Sie es nicht vor ungut, gnädige Frau! wenn es nur der Herr nicht haben will, und auch so seine Ursachen hat wie denn? He?

Henriette. Das geht Euch nichts an, bringt Ihr mi sie nur, für die Folgen will ich Euch stehn. Und damit Ih seht, wie gut ich Eure Dienste belohne, so nehmt das hie zum Anfang.

(giebt ihm Geld.)

Valentin. Aber wenn es nun der Herr erfährt un jagt mich fort, oder läßt mir die Jacke voll prügeln, w denn? — Ne, wissen Sie was, gnädige Frau, behalte Sie lieber das Geld, und lassen Sie mich dem Herrn tr dienen.

Henriette. So? ist es nicht Eure Schuldigkeit, mir auch treu zu seyn?

Valentin. Ja, das ist wohl wahr; — aber der Herr ist doch einmal Herr.

Henriette. Und ich bin Frau. Kurz, Ihr thut, was ich Euch befehle, und sagt dem Herrn kein Wort von allem, was ich hier mit Euch geredet, oder ich lasse Euch Zeitlebens ins Zuchthaus sperren. Habt Ihr mich verstanden?

Valentin. Ach ja! (weint) leider ja! es war deutlich genug. Aber gnädige Frau, das hab', ich doch nicht um Sie verdient. — Nun geben Sie mir nur das Geld her. — Ich unglücklicher Kerl! — Was soll ich denn nun alles thun?

Henriette. Meinen Befehl in allem genau befolgen, und mir von allem, was Euer Herr thut — es sey was es wolle — Nachricht geben, besonders wenn er mit Frauenzimmern Umgang hat, oder wenn hier welche zu ihm ins Haus kommen. — Und noch eins. Warum verschließt Euer Herr diese Thüre?

Valentin. Weil niemand hinein soll, gnädige Frau.

Henriette. Das läßt sich denken. Aber wer ist drinne? Wie?

Valentin. Das weiß ich nicht, gnädige Frau.

Henriette. Habt Ihr niemals jemand hinein oder herausgehen sehen?

Valentin (schüttelt mit dem Kopfe.) Nein.

Henriette. Gut, so befehle ich Euch jetzt, auf diese Thüre genau Acht zu haben, und verschweigt Ihr mir das geringste, so ist es Euer Unglück; hingegen werd' ich Eure Treue doppelt belohnen. Ich gehe jetzt auf mein Zimmer, dort könnt Ihr mir Nachricht bringen, wenn etwas vorfallen sollte. (ab.)

Sechster Auftritt.

Valentin allein.

Das ist eine verfluchte Kommission! Ich wollte, ich wäre wo der Pfeffer wächst! Was soll ich nun machen? — Bin ich dem Herrn treu, so komm' ich durch die Frau ins Zuchthaus — Bin ich der Frau treu und plaudre, so bekomme ich vom Herrn räsonnable Prügel, und werde vielleicht fortgejagt. — Das heißt einem recht das Messer an die Kehle setzen! — Bey alledem ist es eine schnakische Haushaltung. Der Mann traut der Frau nicht, die Frau wieder dem Manne nicht; im ganzen Hause traut einer dem andern nicht, und das kommt blos daher, weil die Frau (sich umsehend) eifersüchtig ist. Gott bewahre mich vor einer solchen Frau! In einer Stampfmühle ist nicht so viel Lärm, als in einem Hause, wo die regiert.

Siebenter Auftritt.

Valentin. Henriette.

Henriette kommt verkleidet hereingeschlichen, geht gleich nach der verschlossenen Thüre zu, und sieht durchs Schlüsselloch.

Valentin.
Oho! die weiß Bescheid, wie ich merke. (schleicht zu ihr hin und besieht sie einen Augenblick, dann schlägt er sie auf die Schultern.) He da, mit Erlaubniß! was soll es denn da geben?

Henriette (mit verstellter Stimme.) Ach! — bin ich doch erschrocken!

Valentin. Ja, das seh' ich. Aber was wollen Sie denn an der Thüre? He?

Henriette. Ich — ich wollte — mit dem Herrn von Belmont sprechen.

Valentin. So? Erlauben Sie, dann geht man nicht so grade zu; wofür ist denn unser eins da? He?

Henriette. Er ist also ein Bedienter vom Hause? Will Er wohl so gut seyn, mich bey dem gnädigen Herrn zu melden?

Valentin (betrachtet sie.) Ja — aber wer sind Sie denn?

Henriette. Sag' Er nur, die gewisse Person sey da, dann wird es der gnädige Herr schon wissen.

Valentin (für sich.) Ho ho! (laut.) Ja, hören Sie nur, Ihr Gnaden, oder wer Sie sind, der gnädige Herr ist nicht zu Hause — und gewisse Personen, die müssen ganz gewiß bey der gnädigen Frau gemeldet werden; wenn Sie also befehlen, so will ich Sie gewiß melden.

Henriette. Ums Himmelswillen nicht! die gnädige Frau darf es nicht wissen, daß ich da bin, denn sonst — Sag Er mir doch, mein Freund, kann ich mich Ihm wohl in einer gewissen Sache anvertrauen? Ist Er auf der Seite des Herrn oder der Frau?

Valentin. Ja, hepp! so frägt man den Bauern die Künste ab! Wie meynen Sie das?

Henriette (sich vorsichtig umsehend.) Je nun, wenn Er es mit dem gnädigen Herrn hielte, so wollt' ich Ihm etwas anvertrauen.

Valentin (für sich.) Das verwünschte Zuchthaus! Was soll ich nun machen?

Henriette. Er scheint sich zu bedenken, mein Freund? Es ist keine Gefahr dabey.

Valentin. Nu wenn das ist! — Aber es bleibt unter uns — Ich halte es eigentlich mit dem Herrn; denn der Herr ist gut, aber die Frau — je nu, die ist so so! Sie kann es nicht leiden, daß der Herr mit so gewissen Personen wie Sie sind, umgeht; denn, verstehn Sie, sie ist verteufelt jaloux — und wenn Sie etwa so ein gewisses Hühnchen mit dem Herrn zu pflücken haben, so will ich Ihnen wohl meynend rathen, machen Sie, daß Sie fortkommen, denn

sicher.

Henriette. Ja, ich weiß wohl, wie die Sachen hier im Hause stehn, und will mich auch nicht lange aufhalten. Doch eh' ich gehe, will Er mir wohl einen Gefallen erzeigen?

Valentin. Wenn ichs kann, ja. — Aber nur geschwind, denn der Henker mögte sie herführen.

Henriette. Gut. Da nehme Er dieses, und gebe Er es so heimlich als möglich Seinem Herrn; es ist mein Bild darinne, ich hatte es ihm versprochen; sag' Er ihm nur —

Valentin. Ueber alle das Gesage! Machen Sie doch, daß Sie fortkommen; denn ich stehe wie auf glühenden Kohlen. Ich werde es dem Herrn schon geben.

Henriette. Recht gut. Aber ja allein. Sag' Er ihm auch: ich ließe ihn an sein mir gethanes Versprechen erinnern; versteht Er mich?

Valentin. Ja ja ja! Teufel! ich höre Jemand kommen — So gehen Sie doch nur!

Henriette. Er mögte mich doch besuchen. Vergeß' Ers ja nicht — und hier hat Er etwas für seine Mühe.

(giebt ihm Geld.)

Valentin (sie fortschiebend.) Nun, nun! es ist alles gut, ich werde nichts vergessen; aber machen Sie nur, daß Sie endlich fortkommen.

(Henriette geht ab.)

Achter Auftritt.

Valentin allein.

Dem Himmel seys gedankt, daß sie fort ist! Fickerment nicht noch eins! wenn der Henker die Frau hergeführt hätte — nu nu, das würde einen schönen Lärm abgesetzt haben! — Wer sie nur seyn mag? — (besieht das Bild.) Hübsch ist sie, das muß wahr seyn, wenn sie notabene so aussieht, wie hier auf dem Portrait — und ausgelernt hatte sie auch; denn sie hatte sich so verteufelt vermummt — nu nu! sie hatte es auch Ursache; denn hätte sie unsere gnädige Frau erwischt — Ho ho, da kömmt sie — wenn sie nur nichts gemerkt hat!

Neunter Auftritt.

Valentin. Henriette unverkleidet.

Henriette.

Was war das für ein Frauenzimmer, die eben jetzt fort gieng? Ihr habt ja eine lange Unterredung mit Ihr gehabt; was wollte sie?

Valentin (für sich.) Nnn, da haben wir den Teufel was soll ich ihr nun sagen? (laut.) Sie meynen doch das Frauenzimmer, das den Augenblick von hier gieng?

Henriette. Eben die. Wer war das?

Valentin. Es war nichts sonderliches, es war nu meine Wäscherin.

Henriette. Ich glaube, Ihr wollt mich zum besten haben — Eure Wäscherin wird schwarzseidne Mäntel tragen.

Valentin. Ja, sehn Sie, gnädige Frau, es ist eine Blitzkröte! sie verdient Geld wie Heu, und hat so gewisse Bekanntschaften, die ihr ein gewisses eintragen. Ein Maul hat sie am Kopfe wie ein Schlachtschwert. Nun hat sie ein Auge auf mich, und denkt, ich soll so dumm seyn, sie zu heurathen, aber ich mag sie nicht.

Henriette. Warum denn nicht? Es scheint doch ein sehr artiges Frauenzimmer zu seyn.

Valentin. Ja, da liegt es eben, gnädige Frau, daß sie es nur scheint, aber nicht ist. Sie hat das schlechteste Herz auf der Welt.

Henriette. (für sich.) Der Schlingel! mir das gerade ins Gesicht zu sagen. (laut) Als ich herein trat, da schien mir, als ob Ihr etwas sehr eilig zu verstecken suchtet — was war das? hat sie es Euch gegeben? Laßt es mich sehen.

Valentin. Ach es ist nur eine Kleinigkeit, die nicht werth ist, daß man davon spricht.

Henriette. Gut, es sey was es wolle, so will ich es sehen.

Valentin (für sich.) Sie kennt es ja doch nicht. (laut.) Sehn Sie, da, es ist das Fratzengesicht von dem Mädchen sie denkt, ich sollte mich nun um so viel eher in sie verlieben, aber, laßt sie schönstens grüssen!

Henriette. Wie, das wäre ihr Gesicht? Nimmermehr!

Valentin. Ja, gnädige Frau, Sie müssen nicht glauben, daß sie so aussieht, bewahre! Nu, nu, sie sollte viel drum geben! Hier ist sie ein Engel, und sonst ist sie ein Teufel! Ich weiß nicht, was der Maler gedacht hat.

Henriette. Und dieses Bild hätte Euch die Wäscherin gegeben?

Valentin. So wahr ich lebe!

Henriette. Ha Nichtswürdiger! ertapp' ich Dich endlich? Sieh mich an! und nun besieh das Bild — wer ist es?

Valentin. Ach Barmherzigkeit, gnädige Frau, Sie sind es! Aber ich kann schwören, ich weiß nicht, wie's zugeht, und wenn ich auch zeitlebens ins Zuchthaus komme; ich bin unschuldig!

Henriette. Ja, ja! das Zuchthaus soll Euch werden; aber erst wißt, daß ich es selbst war, die hier mit Euch sprach, um Eure Treue zu prüfen, von der ich nun die überzeugendsten Proben habe. (ruft:) Lorchen!

Zehnter Auftritt.

Lorchen. Die Vorigen.

Henriette.

Laß sogleich die Wache holen, um diesen Nichtswürdigen ins Zuchthaus zu führen.

Valentin (knieend.) Ach, um aller Barmherzigkeit willen! gnädige Frau, laſſen Sie Lorchen nicht hingehen. Auf meinen Knieen bitt' ich Sie drum. Ich will auch künftig Ihnen mit Leib und Seele getreu ſeyn. (Lorchen lacht.) Ach lache Sie mich nicht aus, es iſt mein bittrer Ernſt.

Lorchen. Gnädige Frau, ich bitte für ihn. Vielleicht beſſert er ſich, und dient Ihnen in Zukunft getreuer.

Henriette. Verdient hat ers nicht. Doch ich will großmüthig ſeyn. Steht auf! Aber das ſag' ich Euch zum letztenmale: gebt Ihr nicht genau Acht auf alles und berichtet es mir, ſo iſt es um Euch geſchehen. Im Gegentheil aber werde ich auch mein Verſprechen halten.

Valentin. Ganz wohl, gnädige Frau; Sie können ſich auf mich verlaſſen.

Henriette. Nun ich werde ſehen, wie Ihr Euch künftig aufführt.

(geht ab.)

Eilfter Auftritt.

Valentin. Lorchen.

Lorchen (lacht.)

Hahaha! Monſieur Valentin! ſind Höchſtdieſelben erwiſcht? — Sieht Er, das wird ihn lehren, künftig die Partie der gnädigen Frau zu nehmen.

Valentin. Geh Sie! Sie iſt mir auch die Rechte — einen ehrlichen Kerl auszulachen. Aber nur Geduld! Der Himmel giebt wohl, daß Sie auch einmal ins Zuchthaus ſoll,

soll, da werde ich es eben so machen, Sie — ich hätte
bald — aber schon gut!

(geht ab.)

Zwölfter Auftritt.

Lorchen. Hernach Karl.

Lorchen.

Der Einfaltspinsel dauert mich; er glaubt wirklich, die
gnädige Frau würde ihn ins Zuchthaus bringen lassen.

Karl (tritt ein, hustet, bleibt aber im Hintergrunde.)

Lorchen (glaubt es sey im Kabinet und geht zur Thüre.)
So wahr ich lebe! da hustet jemand im Zimmer. (sie horcht.)

(Karl tritt näher.)

Lorchen (erschrickt.) Was will Er hier?

Karl. Bitt' um Vergebung, Madame? oder Mademoiselle?

Lorchen. Das letzte.

Karl. So? Verzeihn Sie also, werthgeschätzte Mademoiselle, daß ich so dreist, so unangemeldet herein komme; ich fand niemand unten im Hause, noch viel weniger
im Vorzimmer, bey dem ich mich vorher hätte erkundigen
können, ob ich auch recht sey. Sie erlauben mir daher erst
eine Frage. Dieses ist doch die Wohnung des Herrn von
Belmont?

Lorchen. Zu dienen.

Karl. Und Sie, unvergleichliche Mademoiselle, habe
die Ehre von seinen Befehlen abzuhängen?

Lorchen. Ja, ich stehe in seinen Diensten. Was ist Ihr Gesuch?

Karl. Ein ergebenster Empfehl von meiner gnädigen Frau, und sie läßt fragen, ob sie nicht die Gnade haben könnte, dem gnädigen Herrn ihre Aufwartung zu machen?

Lorchen. Um Vergebung, ist es sehr dringend? muß ich sie gleich melden? wie nennt sich die gnädige Frau?

Karl. Meine gnädige Frau wird sich gleich zu erkennen geben, sobald sie nur die Ehre hat den gnädigen Herrn zu sprechen; und daß es keinen Aufschub leidet, wird der Brief dem gnädigen Herrn sagen, den die gnädige Frau an ihn abzugeben hat. Darf ich also bitten, mich zu melden?

Lorchen. Sogleich. Haben Sie nur einen Augenblick Geduld, ich werde Ihnen gleich Antwort sagen. (für sich.) Wenn das etwa eine Geliebte ist, so kommt sie wie gerufen. (ab.)

Dreyzehnter Auftritt.

Karl allein.

Bey meiner Ehre! der gnädige Herr hat keinen übeln Geschmack! Das muß ich sagen; ich an seiner Stelle würde es vielleicht eben so machen, und mir statt eines Kammerdieners ein hübsches Kammermädchen halten. Es ist sehr vortheilhaft. Außer der angenehmen Bedienung versieht sie zugleich die Wirthschaft mit. Nun ich merke wohl, die jungen Herren, die hier zu Lande en garçon leben, sind sehr zärtlich ökonomisch.

Vierzehnter Auftritt.

Lorchen. Karl.

Karl.

Nun, meine allerunvergleichlichste Mademoiselle, kann meine gnädige Frau die Ehre haben?

Lorchen. Sie wird mit der größten Ungeduld erwartet.

Karl. Die sehr bald befriedigt werden kann. Mademoiselle, ich habe die Ehre mich Ihren Bewundrer und Verehrer zu nennen, Karl Fritel, Ihr ergebenster Knecht.
(ab.)

Lorchen. Ihre Dienerin, Herr Karl Windbeutel! — Deine gnädige Frau wird sehr gut aufgenommen werden. Doch hurtig auf meinen Posten, damit wir im Examen nicht gestört werden.
(geht ab.)

Funfzehnter Auftritt.

Henriette (mit verbißnem Zorn.)

Himmel, verleihe mir Fassung! damit, wenn es eine Nebenbuhlerin ist, ich sie so empfange, daß sie nichts merkt, und ich vollkommen von seiner Untreue überzeugt werde.
(klingelt.)

Sechszehnter Auftritt.

Lorchen. Henriette.

Lorchen.

Was befehlen Ihr Gnaden?

Henriette. Sey ja auf deiner Hut, damit wir nicht gestört werden. Vor allem gieb mir gleich Nachricht, wenn mein Mann kömmt. Höre — wie seh' ich denn aus? Sieht mir die schreckliche Kränkung, der Verdruß nicht aus den Augen? Habe ich mich genug verstellt?

Lorchen. Sie sehen aus, wie die Sanftmuth und Geduld selbst. Das wahre Bild einer leidenden Dame. (geht zur Thüre.) Ha, die gnädige Frau!

(setzt Stühle und geht ab.)

Siebenzehnter Auftritt.

Henriette. Karoline.

(Henriette erwiedert alle Complimente Karolinens kalt.)

Karoline.

Ohne Zweifel, Madame, habe ich die Ehre, der Gemahlin des Herrn von Belmont meine Aufwartung zu machen?

Henriette. Wenigstens erlaubt er mir seinen Namen zu führen. (für sich.) Himmel! was für eine imposante Figur! (laut.) Darf ich fragen, welches Glück mir die Ehre Ihrer Bekanntschaft verschafft?

mont meinen Besuch abstatten, denn in der Lage, worin ich mich befinde, sehe ich mich beinahe von jedermann verlassen, nur er allein ist es, auf den ich meine Hoffnung setze. Er ist so gütig gewesen, sich schon überall nach mir zu erkundigen, dies macht mich so frei selbst zu ihm zu kommen. Kann ich also das Glück haben ihn zu sprechen?

Henriette. Er ist ausgefahren, wird aber vermuthlich in einigen Augenblicken wieder hier seyn. Belieben Sie sich zu setzen. Darf ich fragen, sind Sie schon lange mit ihm bekannt, und wie haben Sie ihn kennen gelernt?

Karoline. Der Baron von Pens ist mit ihm in England bekannt geworden. Bey ihrer Zurückkunft von da waren sie zum Besuch bey meinem Onkel, hier hatte ich das Vergnügen ihn zum erstenmale zu sehen.

Henriette. Also durch den Baron von Pens habe Sie seine Bekanntschaft gemacht? (für sich.) Ha! das i also der Unterhändler. (laut.) Und die Ursache Ihres B suchs ist —?

Karoline. Ach! die traurige Ursache ist Ihnen vie leicht eben so bekannt als Ihrem Herrn Gemahl. Und mein Schicksal durch den Vorfall in jener unglücklich Nacht alle Tage schrecklicher wurde, ja da ich sogar fürchten mußte, von seiner Familie in ein Kloster gesperrt werden; so blieb mir kein anderes Mittel übrig, als mei Zuflucht hieher zu nehmen, um in diesem Hause unter sein Schutz meinen Verfolgern zu entgehen.

die Rede sey von ihrem Gemahl.) Sie hätten keinen sichrern Ort in Ihren Umständen wählen können, und ich will Ihnen, wenn Sie belieben, meine Zimmer selbst einräumen.

Karoline. Sie sind zu gütig, und es würde zu unhöflich von mir seyn, Gebrauch von dieser Güte zu machen; zumal da die großmüthige Freundschaft des Herrn von Belmont schon mehr für mich gethan, als ich im Stande bin zu vergelten. Es giebt vielleicht noch irgend ein Zimmer im Hause, wo ich, ohne Ihnen beschwerlich zu seyn, verborgen bleiben kann.

Henriette. Ich sollte denken, ja. Der Herr von Belmont besitzt überdies eine besondere Geschicklichkeit darin, jemand vor Aller Augen zu verbergen; und was vermag die Liebe nicht?

Karoline. Ach! getrennte Liebe ist schrecklich! Und wer weiß, welche Leiden mir noch bevorstehn!

Henriette. Aber warum bedachten Sie die Folgen nicht vorher?

Karoline. Giebt die Liebe immer der Vernunft Gehör?

Henriette. Selten, und daher pflegt es dann auch zu kommen, daß man nicht mehr der Stimme der Ehre, sondern dem Taumel der Leidenschaften folgt. — Sagen Sie mir offenherzig, wie hat sich Ihre Liebe angefangen?

Karoline. Die Tochter der Gräfin Mingenheim und ich wurden in einem Kloster zu Brüssel erzogen. Die Ueber-

rer Freundschaft, und unsere Herzen wurden unzertrennlich. Die junge Komteſſe reiſte einſt zum Beſuch bey ihrer Mutter, ich begleitete ſie, und hier war es, wo ich den Mann meines Herzens kennen lernte. Ach! ihn ſehen und lieben, war das Werk eines Augenblicks! Aber, gnädige Frau, wie vielen Kummer, wie viele Thränen hat mir dieſe Liebe ſchon verurſacht!

Henriette. Ja, nun iſt es zu ſpät. Sie hätten das früher erwägen, und ſich nicht mit einem Manne einlaſſen ſollen, der Sie nicht glücklich machen kann.

Karoline (leidenſchaftlich.) Wie, ſollte er mich nicht glücklich machen?

Henriette. Nein, nimmermehr! denn ſein Herz und Hand —

Karoline (ſchnell einfallend.) O, gnädige Frau! beld machen trotz den Widerwärtigkeiten dennoch das ganze Glück meines Lebens aus.

Henriette. Wie? Wiſſen Sie denn nicht, daß ich —

Karoline. O, ich weiß, gnädige Frau, wenn Sie ſei vortrefliches Herz ſo kennten als ich, daß Sie keinen Augenblick an ſeiner edeln Denkensart zweifeln würden.

Henriette. Nun, beym Himmel! wenn das edel gedacht heißt, das beſte Weib zu hintergehen, zu verlaſſen und einer —

Karoline. Ach, ohne jenes unglückliche Duell, würd er nicht von meiner Seite gekommen ſeyn.

(neugierig erstaunt.) Wie? ein Duell? Und
blieb sein Gegner?

Karoline (weinend) Ja, er starb, so wie ich gehört
habe, einige Tage nachher.

Henriette. Gerechter Himmel! um das Maaß seiner
Verbrechen voll zu machen, mußte er auch noch einen Mord
begehen! — Ah, nun ist mir alles deutlich, nun weiß ich
das Geheimniß der verschlossenen Thüre, jetzt kenn' ich die
ganze Geschichte.

Karoline. Wie? Sie setzen mich in Erstaunen! Hat
der Herr von Belmont Ihnen nicht entdeckt?

Henriette. O, er hat sich sehr gehütet, mir jemals etwas
davon zu sagen; auch pflegen die Herrn Ehemänner bey
solchen Angelegenheiten ihre Weiber nicht gern zu Vertrau-
en zu machen, — es mögte auch wohl nicht rathsam gewesen seyn.

Karoline. Ich habe zu große Begriffe von Ihrem
edeln Charakter, als daß ich glauben könnte, Sie würden
das Zutrauen Ihres Herrn Gemahls misbrauchen.

Henriette. Glauben Sie etwa, daß ich zu der Klasse
von Weibern gehöre, die die Hände gelassen in den Schoos
legen, und durch Thränen und Seufzer ihren Kummer zu
erleichtern suchen? — Nein, ich will mich rächen, für die
Schmach, die er meinem Herzen angethan hat.

Karoline. Sich rächen? Um des Himmels willen, an
wem? gnädige Frau!

Henriette. An ihm, dem Treulosen, dem Meineidigen, dem Mörder, und an der Kreatur, die mir das Herz meines Mannes gestolen, und noch obendrein die Frechheit besitzt hierher zu kommen, und mir die ganze schändliche Geschichte ins Gesicht zu sagen.

Karoline. Sie sehn, gnädige Frau, ich bin für Erstaunen außer mir! Um Gottes willen mäßigen Sie sich! Hier ist offenbar —

Henriette (schnell.) Die Wahrheit am Tage! Aber ihr sollt es empfinden, ihr sollt mich kennen lernen, sollt sehn, daß ich nicht zu jenen Thörinnen gehöre, die sich ungestraft beleidigen lassen. (will fort.)

Karoline (hält sie auf.) Ich lasse Sie nicht, gnädige Frau! Hier ist ein offenbarer Irrthum. Ich bin nicht, wofür Sie mich halten. Ich bin durch rechtmäßige Gesetze schon seit einem Jahre mit ihm verbunden, bin Mutter eines —

Henriette. Wie? schon ein Jahr verheyrathet? — Also zwey Weiber? — O der abscheuliche Bösewicht!

Karoline. Um alles in der Welt, hören Sie mich! Sie verkennen mich — ich bin —

Henriette. Ein Geschöpf, das ich keinen Augenblick länger in meinem Hause dulden will — Dort ist die Thüre; fort aus meinen Augen, oder ich lasse die Gerichten holen.

Karoline. Gott, welch Betragen! Ists möglich? kann man einer Frau meines Standes und in meiner Lage so begegnen? — Ich gehe — Aber, gnädige Frau! es wird eine Zeit kommen, wo Sie sich schämen und es bereuen werden, mich so behandelt zu haben, wenn Sie nur erst erfahren, wer ich bin. Leben Sie wohl.

Achtzehnter Auftritt.

Henriette allein.

Schlange! ich weiß nur zu gut, wer Du bist. Mich hintergehst Du nicht. — Ach, mein Herz! Kein Wunder, ich erstickte für Aerger. — Wenn er doch nur bald käme, damit ich meinem gepreßten Herzen Luft machen könnte! — Ach, kann wohl eine Frau unglücklicher seyn, als ich? — Einen Mann von zwey Weibern zu haben, und noch obendrein einen Mörder! Ha, wie gerufen! (springt nach der Thüre und glaubt ihrem Gemahl zu begegnen, indem tritt Lorchen ein.) Ach, bist Du es — was giebts?

Neunzehnter Auftritt.

Henriette. Lorchen.

Lorchen.

Ich wollte Ihnen nur melden, daß der gnädige Herr zu Hause gekommen ist. — Aber um des Himmels willen! gnädige Frau, ist Ihnen nicht wohl?

Henriette. Wie kann einem wohl seyn, wenn man solche Dinge erfährt? — Ach, Lorchen! es wird mir das Leben kosten! Denke nur — die Kreatur ist mit ihm schon seit einem Jahre verheurathet. — Und weißt Du, was er in dem Kabinet verborgen hält? eine Leiche; einen, den er selbst ermordet hat. Drum sagte er immer: ich sollte mich nur noch ein paar Tage gedulden, dann sollt ich alles erfahren. Bis dahin hätte er ihn gewiß beyseite geschafft. — Aber recht gut, daß ich jetzt Beweise habe, nun will ich ihn vor meinem Vater und der ganzen Welt entlarven.

Zwanzigster Auftritt.

Von Belmont. Vorige.

Henriette setzt sich stillschweigend hin. Lorchen, die bisher ihre schweigende Verwunderung über die gehörten Dinge bezeigte, zieht sich ein wenig zurück.

Belmont.

Haben Sie Besuch gehabt? Es war mir, als ob ich einen Wagen wegfahren hörte; ist etwa die Schlontheim einmal wieder da gewesen?

Henriette. Nein, es war aber eine Andre da, eine sehr gute Freundin von Ihnen, mit der Sie bey Ihrer Retour aus England bey der Frau Gräfin von Mingenheim sehr genau bekannt geworden sind, der aber diese Bekanntschaft, wie sie sagt, seitdem sehr viele Thränen gekostet, die aber demohngeachtet noch die Stunde segnet, in welcher sie das Glück hatte, mit einem Manne von so vortreflichem Herzen bekannt werden. Sie bedauerte, daß sie das Vergnügen nicht haben konnte, Sie selbst zu sprechen.

Belmont. (für sich.) Sollte es Karoline gewesen seyn? (laut.) Ich bedaure selbst von Herzen, daß ich bey diesem Besuch nicht gegenwärtig war. Wird sie nicht wiederkommen? —

Henriette. Ich hoffe es nicht; wenigstens nicht, so lange ich hier bin, denn ihr Empfang mögte nicht der beste seyn. — Doch fi, fi, Lorchen! räuchere doch ein bischen, der Todtengeruch zieht ja durchs ganze Haus, sogar bis in mein Zimmer.

(Lorchen räuchert und geht dann ab.)

Belmont. Der Todtengeruch? ist denn jemand im Hause gestorben?

Henriette. Ja; die Treue ist todt, und die Rechtschaffenheit liegt in letzten Zügen; sobald man das verschloßne Zimmer öffnet, wird sie auch erblassen.

Belmont (für sich.) Ha, ich verstehe! (laut.) Das wären ja Todesfälle, worüber die ganze Welt Trauer anlegen müßte; aber so lange wir beide noch leben, hat es keine Noth.

Henriette. Ihnen, mein Herr, war sie von jeher fremd. Ihre Tugend uud Rechtschaffenheit läuft in der Welt umher und schreyt es den Leuten zu, wer sein Vater ist.

Belmont. Wie? das wagen Sie mir so gerade ins Gesicht zu sagen? Wissen Sie — Doch, Sie sind ein Frauenzimmer und obendrein — meine Frau; sonst —

Henriette. Sonst würden Sie mich dem in dem verschloßnen Kabinet gleich machen; denn ein Mann wie Sie vermag alles. (Herr von Belmont lacht.) Lachen Sie nur, wir wollen sehn, wer zuletzt lacht.

Belmont. Ich Madam, ich. Denn durch Ihre närrische Eifersucht setzen Sie sich der allgemeinen Persiflage aus. Schämen müssen Sie sich, daß Ihnen der gute Name Ihres Mannes, die Ehre Ihrer und meiner Familie so gleichgültig ist, weil sie beide dadurch beschimpfen.

Henriette. Nein, das geht zu weit! Mir das aufzubürden, was Sie thun? Mir? — da ich vor wenig Augenblicken das Geschöpf selbst gesprochen, die mir entdeckte: daß sie durch rechtmäßige Gesetze mit Ihnen verbunden, schon Mutter wäre; daß Sie einen Menschen im Duell erstochen, deswegen hätten flüchten müssen; daß Sie ihr in diesem Hause ein Zimmer angeboten, wo sie vor den Verfolgungen sollte sicher seyn? — Und ist es nicht wahr, daß Sie sich heute schon überall nach ihr erkundigt haben?

Belmont. Madam! sind Sie toll? oder haben Sie sich magnetisiren lassen und sind jetzt somnambüle, weil Sie solch verwirrtes Zeug untereinander schwatzen? Nehmen Sie sich in Acht! Ihre Nerven sind schwach, sie könnten wirklich leiden — Man hat der Exempel!

Henriette. Wäre es wohl ein Wunder, wenn ich über Ihr schändliches Betragen meinen Verstand verlöre! Aber dem Himmel sey es gedankt! noch habe ich ihn, und noch heute sollen Sie Proben davon haben. Ich will Ihnen zeigen, was das heißt, wenn man zwey Weiber nimmt. — Nur Geduld!

(geht ab.)

Belmont. Die versprech' ich Ihnen. (ihr nachsehend.) Sie ist toll.

(geht ab.)

———

(Der Vorhang fällt.)

Dritter Aufzug.

Der vorige Saal.

Erster Auftritt.

Valentin allein.

Dem Himmel seys gedankt, noch laufe ich frey herum, aber wie lange es währt, weiß Gott. — Ich bin verteufelt aufs Glatteis geführt. So hat wohl noch kein Bedienter zwischen Thür und Angel gesteckt wie ich. Ich mag nun reden oder schweigen, auf beide Fälle bekomme ich Prügel oder das Zuchthaus. Was soll ich armer Erdenwurm nun anfangen? — Still, da kömmt jemand — vielleicht eine Kunde — entweder Geld oder Prügel. —

Zweyter Auftritt.

Valentin. Belmont.

Valentin
(steht so, daß ihn der Herr von Belmont beym Eintritt nicht gleich sieht. Er zählt die Schritte desselben.)
Einige zwanzig Schritte soll er wohl gemacht haben. (redet ihn an.) Gnädiger Herr, werden Sie sich jetzt setzen?

Belmont. Seyd Ihr hier? Ich hatte Euch ja befohlen mitzufahren — wo steckt Ihr denn, wenn man Euch braucht? warum gebt Ihr nicht Acht?

Valentin. Ich werde jetzt schon Acht geben, gnädiger Herr; aber —

Belmont. Kein Aber. Ihr thut künftig, was man Euch befiehlt.

Valentin. Ganz wohl! — Wo kommen Sie denn jetzt her, gnädiger Herr?

Belmont (in Gedanken.) Von unserm Minister.

Valentin. Was haben Sie denn dort geredt oder gethan?

Belmont (sich besinnend und schnell umdrehend.) Wie so? Was Teufel habt Ihr darnach zu fragen?

Valentin. Je nu, gnädiger Herr, werden Sie nur nicht böse, ich muß genau Acht geben, laut meiner Ordre.

Belmont. Schlingel! das heißt auf Euren Dienst, und nicht auf mein Thun und Lassen. Fort, hinaus!

Valentin. Sogleich, gnädiger Herr! Wenn Sie nur wollten die Gnade haben, und mir sagen, was Sie unter meiner Abwesenheit wollen vornehmen, denken, sagen und thun; dann will ich gleich gehen.

Belmont. Sage mir, Pursche, hast Du den Verstand verloren, oder was zum Henker soll das heißen?

Valentin (sehr vertraut.) Ja, sehn Ihr Gnaden, das heißt eigentlich so viel, daß ich alles der gnädigen Frau haar-

haarklein wiedersagen muß, sonst komm' ich ins Zuchthaus.

Belmont. So, so! ist das die Ursache? (für sich lachend.) Der ist zum Spion geboren.

Valentin. Mit den Briefen, die mir Ihr Gnaden geben, da geht's an, die werden mir eben nicht sauer, denn die soll ich nur bringen, sie will sie selbst lesen; aber das andere, was Ihr Gnaden so verrichten, ja sogar die Gedanken muß ich ihr wiedersagen.

Belmont. Armer Schelm! auf die Art hast Du einen übeln Posten, denn das Zuchthaus wird Dir gewiß werden, wenn Du Deine Sachen nicht klüger anfängst. Doch geh nur, ich werde Dir schon sagen, was Du überbringen sollst.

Valentin. Wenn Sie wollen so gut seyn! Denn was hätten Sie davon, wenn ich ins Zuchthaus komme?

(geht ab.)

(Belmont sieht ihm lächelnd nach, und verschließt dann die Thüre, öffnet hierauf das Kabinet.)

Dritter Auftritt.

Baron Pens. Belmont.

Pens (ihn umarmend.)
Ich bin voll Ungeduld, Dich zu sehen, um von Dir zu erfahren, wie die Sachen jetzt stehen. — Höre, man hat während Deiner Abwesenheit hier an der Thüre verschiedene Versuche gemacht, vermuthlich mit Nachschlüsseln sie zu öffnen, allein es wollte nicht gelingen.

Belmont. Und wird nie gelingen. Doch zur Sache. Unser Minister sagte mir, daß Dein schlimmster Gegner angekommen sey, und Deinen Aufenthalt zu erforschen suche. Die Rede kam auch auf Deine Karoline; er sagte sehr vieles zu ihrem Lobe, bedauerte zugleich ihr Schicksal und äußerte den Wunsch, ich mögte suchen, Dich mit ihr auszusöhnen. Ich stellte ihm vor, daß das Vergehen von Karolinens Seite zu groß, zu entehrend sey, als daß man auf eine Aussöhnung Deinerseits hoffen könnte, und erfolgte sie, so würde dadurch Dein Vater nur erbitterter werden, und Deine Enterbung vor wie nach bleiben.

Pens. Ach Belmont! Die Enterbung hat nie auf meine Seele gewirkt, aber die Kränkung meiner Ehre, der Leichtsinn meiner Gattin, die berauscht vom Taumel der Wollust, von einer Leidenschaft zur andern sich hinreißen ließ, ohne auf meine Qual und meine Leiden zu achten. Dieß war es, was mein Innerstes empörte, meine Wuth entflammte, und mich zu jener That verleitete, die nun die Folter meines Gewissens ist.

Belmont. Ich habe ihm alles vorgestellt, was Dir von ihr angethan war. Allein er schien sehr geneigt, sie für unschuldig zu halten. Er tadelte Dein hitziges Betragen, glaubte sogar, daß es Dir schwer werden würde, hinlängliche Beweise ihrer Untreue beyzubringen; »denn, sagte er, »obgleich aller Anschein wider sie ist, so glaube ich doch, daß man sich in dieser Sache zu sehr übereilt hat. Wenden Sie daher alles an, diese jungen Eheleute mit einander zu versöhnen. Was Bernstrafs Sache betrift, die will ich auf mich nehmen, und zugleich für alle Folgen stehn.« — Du mußt nun wissen, Freund, was Du thun willst, und wie Du glaubst, daß diese epineuse Affaire am besten für Dich zu endigen ist.

Pens. Aufrichtig zu gestehen, so wünscht' ich Karolinen wohl noch einmal zu sprechen; vielleicht ist sie nicht so strafbar, wie ich glaube; vielleicht haben meine Freunde, zu besorgt für meine Ehre, im Eifer mehr gesagt, als sie zu behaupten, im Stande sind; darum bitt' ich Dich, besorge, daß ich entweder zu ihr, oder sie zu mir hieher komme.

Belmont. Diesen Wunsch kann ich leicht befriedigen, aber rechne es mir nicht zu, wann der Erfolg Deinen Wünschen nicht entspricht. (Man klopft.) Ha, ha! das Zeichen, daß wir gestört werden. Halt Dich ruhig, bald sollst Du befriedigt werden.

(verschließt ihn und öffnet die Hauptthüre.)

Vierter Auftritt.

Belmont. Friedrich. Hernach Valentin
(welcher horcht.)

Friedrich.

Ein Bediender des Ministers brachte dieß Billet an Ihro Gnaden und wartet auf Antwort. Und hier, gnädiger Herr, sind die Kleider zur Maskerade. Ich habe alles so besorgt, wie Sie es mir befohlen. Auch erwartet der Kutscher Ihren Befehl.

Belmont. Schon gut. Noch eins. Valentin ist zum Spion gedungen, Er hat also ein wachsames Auge auf ihn. Dem Bedienden des Ministers sag' Er, ich würde sehr bald meine Aufwartung machen.

Friedrich. Sehr wohl. Den Valentin zu hüten, soll mir eben nicht viel Mühe machen. (Er will gehen und erblickt Valentin.) Gnädiger Herr! hier ist ein gewisser Quidam,

(ab.)

Belmont. Ha ha! Monsieur Valentin! Es ist nichts erhebliches — ein Billet vom Minister — es enthält nichts von Belang.

Valentin. Ganz wohl, gnädiger Herr!

(ganz treuherzig ab.)

Fünfter Auftritt.

Belmont. Hernach Valentin.

Belmont
(setzt sich und schreibt, klingelt alsdann, während Valentin kömmt, siegelt er mit Oblate.)

Hier diesen Brief tragt Ihr gleich nach dem Hôtel de Londres.

Valentin. Was ist das für ein Ort, gnädiger Herr?

Belmont. Dummkopf! der Gasthof, die Stadt London, wo Ihr heute mit mir gewesen seyt. Ihr fragt nach dem Bedienten, der bey der fremden Herrschaft in No. 3 ist, dem gebt Ihr diesen Brief; Antwort ist nicht nöthig. Und notabene — dieser Brief wird nicht gezeigt, sonst setzt es was ab. Verstanden? (für sich.) Wenn sie ihn auch liest, so kann sie doch nichts daraus sehen.

(nimmt die Maskenkleider und geht damit ins Kabinet, schließt inwendig wieder hinter sich zu.)

Sechster Auftritt.

Valentin (allein, macht große Augen.)

Ho ho! was seh, ich da! Er verschließt sich mein Seel ins Kabinet — Blitz noch einmal, wer nu eine Maus wäre, der könnte schöne Sachen erfahren. — Ob ichs denn der gnädigen Frau sage, daß er jetzt drinnen ist, und daß ich einen Brief an No. 3 habe? — (sich besinnend.) Ja, da stehen die Ochsen am Berge. Ich weiß mein Seel nicht, wie ichs machen soll. — Ach ich wollte, daß No. 3 bey No. 4, oder gar nicht in der Welt wäre!

(Er hört kommen, steckt geschwind das Billet ein und schleicht sich weg.)

Siebenter Auftritt.

Henriette. Herr von Hake.

Henriette.

Wie ich Ihnen sage, mein Vater, sein geheimnißvolles Betragen, seine Zurückhaltung seit einiger Zeit, und hauptsächlich dieses verschloßne Zimmer, waren die Veranlassungen unsrer Streitigkeiten; aber sie würden gewiß nicht von Folgen gewesen seyn, hätt' ich nicht durch die Dazwischenkunft der Dame diese für mich so schreckliche Entdeckung gemacht.

Hake. Thorheit! Wir Männer haben oft Geschäfte von Wichtigkeit, die wir niemand anvertrauen dürfen, am wenigsten der Frau; und daß er dies Zimmer verschlossen hält, ist noch kein Beweis seiner Untreue. Aber nun vollends der lächerliche Verdacht, als ob er noch eine Frau hätte — Nein, meine Tochter, das ist ein Mißverständniß.

Henriette. Ein Mißverständniß? Sie ist ja hier bey mir gewesen, und hat mir es selbst gesagt.

Hake. Eben daraus schließe ich, daß es irgend eine Unglückliche sey, die ihre Zuflucht zu ihm genommen. Denn, überlege nur selbst, welches vernünftige Frauenzimmer würde einem Manne ihre Hand geben, wenn sie weiß, daß er schon mit einer andern verheyrathet ist? — Nein das läßt sich nicht denken.

Henriette. Wenn es nun aber vor meiner Verbindung mit ihm geschehen wäre — wie da?

Hake. Noch weniger; denn es war ihr ja nicht unbewußt, als sie zu Dir kam, sie hat Dich ja als die Gemahlin des Herrn von Belmont angeredet. Und auf alle Fälle würde sie sich eher an die Gerechtigkeit, als an Dich gewendet haben.

Henriette. Das wohl, aber —

Hake. Aber die Eifersucht hatte Dich verblendet, daher kam es, daß Du alles in einem falschen Lichte sahest. Bedenke nur einmal, was für tolles Zeug hast Du nicht den wenigen Tagen angegeben? Alles weibliche Gesinde abzudanken, und in die Stelle der Gesunden lauter Krumm Lahme und Bucklichte nehmen zu wollen — und warum das? — weil Du Dir eine alberne Grille in den Kopf gesetzt hast.

Henriette. Sie beurtheilen ihn viel zu gut; allein Sie würden mir gewiß Recht geben, wenn Sie nur einmal zugegen wären und die Art und Weise sähen, wie er mich behandelt.

machen! Er ist doch sonst ein Mann von edler Seele und guten Sitten, seine Grundsätze sind vortrefflich, ich habe ihn geprüft, ich habe aus kleinen Handlungen, aus unbedeutenden Worten sein Herz kennen lernen; denn in Begebenheiten, die groß und wichtig sind, da suchen die Menschen gern ihren Thaten den schönsten Glanz zu geben, weil sie wissen, daß man sie beobachtet.

Henriette. Glauben Sie mir, er ist fein; die Kunst der Verstellung besitzt er im höchsten Grade.

Hake. Höre, meine Tochter, sey aufrichtig! Denn, ohngeachtet Du mit mir von Scheidung gesprochen, so weiß ich doch, daß Du ihn liebst, und im Herzen wünschest, auch seine Liebe beständig zu erhalten. Du verfehlst nur die Mittel ganz, diesen Zweck zu erreichen.

Henriette. Ich dächte doch, daß ich meinerseits alles angewandt hätte, mich seiner Liebe zu versichern — Doch sagen Sie, mein Vater, sagen Sie mir, worin habe ich gefehlt?

Hake. Das will ich. Fürs erste: Die Gesellschaft, die Du gewählt, kann so wenig Dir als Deinem Manne Vergnügen schaffen.

Henriette. Ist sie nicht die ausgesuchteste, die angenehmste, die sich für unsern Stand schickt?

Hake. Ausgesucht ist sie, das ist wahr, auch schätzbar, — aber nicht Eurem beiderseitigen Alter angemessen. Du bist jung und besitzest Reiz genug, das Herz Deines

Mannes zu fesseln; aber verlangst Du, oder kannst Du vielmehr verlangen, daß bey dem gänzlichen Mangel an Vergnügungen, er nicht selbst Deiner endlich müde werden sollte? Du mußt also nothwendig auf Unterhaltungen denken, denn nichts bewirkt die Sättigung eher, als die Einförmigkeit.

Henriette. Sie können Recht haben. Allein nicht alle Männer denken wie Sie; zumal Belmont, er ist der Leichtsinnigste seines Geschlechts. Habe ich nicht erst heute noch die überzeugendsten Beweise davon gehabt? Ob Sie es gleich nicht glauben wollen, so ist's doch gewiß, daß er mit dieser Person den sträflichsten Umgang hat; sein Herz hängt ganz an ihr, und meine Liebkosungen sind ihm zuwider.

Hake. Nein, ich kann es nicht glauben; denn er hat Empfindung für Tugend und Ehre, und ich verlasse mich gänzlich auf seine Rechtschaffenheit. Der kleine Zwist wird sich legen, sobald das Mißverständniß aufgeklärt ist, das unter Euch herrscht. Du selbst wirst es mir noch danken daß ich nicht in Dein Begehren gewilligt habe, dieß bin ich von Dir überzeugt. Jetzt freylich spricht noch der Argwohn aus Dir; aber, wenn Du ausgetobt und Dein Blut kält ist, so wirst Du einsehen, daß ich Recht gehabt. Um D aber doch zu zeigen, daß mir die Aufführung Deines Ma nes nicht gleichgültig ist, so will ich mit ihm reden, ob gleich zum voraus überzeugt bin, daß sich die Sache bers verhält.

allen Verdacht von sich abzulehnen.

Hake. Nun wir werdens sehen. Indessen bitte ich Dich, sey ruhig, und überlege wohl, wenn Du die Ehre Deines Mannes befleckst, so trifft seine Schmach Dich mit. Wisse, durch den Mann erhält das Weib Stand, Ehre, Rang und Namen. Ein Mann kann ein Mädchen von niederm Stande wählen, und sein Ansehen wird dadurch nicht gemindert, seine Kinder erben Ehre und Namen von ihm, ja oft belohnt man wohl in den Kindern die Verdienste des Vaters; allein wo vergalt man in ihnen je die Tugenden der Mutter? Merk Dir es also: Dein Wille ist dem Willen des Mannes unterworfen, ihm verdankst Du alles.

Henriette. Diese Vortheile eben sind es, auf die er sich verläßt. Sich erlaubt er alles, der Stolze! — aber wehe mir, wenn ich es wagte.

Hake. Das darfst Du auch nicht. Denn die Fehler ires Weibes haben auf der Wagschale der Menschen ein oppeltes Gewicht; die Schale mit weiblicher Schmach elastet, wird sinken, wenn die des Mannes mit Fehlern berhäuft hoch die eurige übersteigt. Was man dem Manne als Fehler verzeiht, das wird man, von Euch gethan, ls Verbrechen aufnehmen, und wo nicht nach den Gesetzen, doch mit Verachtung bestrafen.

Henriette. O weh, mein Vater! wie ich merke, so hb' ich in Ihnen einen strengen Richter.

Hake. Sey gutes Muths; der Richter wird den Vater nicht verdrängen.

Achter Auftritt.

Die Vorigen. Lorchen zieht Valentin
herein.

Valentin.

Potz Gukuk nicht noch einmal! so lasse Sie mich doch gehen.

Lorchen. Nichts, da hilft kein Gukuk! Die gnädige Frau muß den Brief sehen.

Valentin. Ja profit Mahlzeit! der gnädige Herr sagte — »Notabene, dieser Brief wird nicht gezeigt, sonst setzt es was ab — Verstanden?«

Henriette. Was habt Ihr mit einander? Und was ist das für ein Brief? (reißt ihm denselben weg.) An wen soll er? Es ist ja keine Aufschrift drauf.

Valentin. Reden Sie nicht so laut, der gnädige Herr mögte es hören; er ist hier in dem verschlossenen Zimmer Der Brief ist an den fremden Bedienten in No. 3. in de Stadt London. Ich bin schon dort gewesen, es ist ab niemand zu Hause.

Henriette. Ha! die Oblate ist noch frisch. Laß hen, was er enthält.

Hake. Tochter, bedenke doch —

Valentin. Ach gnädige Frau! was machen Sie da? Er darf nicht erbrochen werden. — Nu meinetwegen, in Gottes Namen! Ein Glück, daß ich Ihnen den Brief nicht gegeben, sondern daß Sie mir ihn genommen haben, sonst bekäme ich eine tüchtige Tracht Schläge.

Henriette (liest.) „Madam! Nur noch wenige Augenblicke und Ihr Wunsch ist erfüllt. Allein bis dahin bitte ich Ihr Logis nicht zu verlassen, es sey, daß Sie Nachricht von mir erhalten, oder ich Sie selbst abhole. Sie entgehen dadurch einer Gefahr, die Ihrer Sicherheit droht. Ich darf mich nicht deutlicher erklären, der Brief könnte aufgefangen werden. Doch beunruhigen Sie sich deshalb nicht. Bald habe ich die Ehre bey Ihnen zu seyn. Ich bin mit aller Achtung Ihr ergebenster Belmont."

Ha! endlich hab' ich einen sichern Beweis wider ihn in Händen, denn seine Hand kann er nicht leugnen. — Hier, mein Vater, überzeugen Sie sich selbst, und entschuldigen Sie ihn dann noch, wenn Sie können.

Hake. Was ist das? Soll ich meinen Augen trauen? (schüttelt den Kopf.) Seine Hand ist es — Aber der Brief hat ja keine Aufschrift; an wen ist er denn?

Henriette. Sie sehn doch, im Briefe steht Madam. — Errathen Sie nicht, an wen er seyn könnte?

Hake. Nein.

Henriette. An wen sonst als an die Kreatur, die heut war? Das liegt ja klar am Tage. — Nun wollen wir sehen, was der Tugendbelobte Mann hierzu sagen wird, ob er uns auch jetzt noch mit sehenden Augen wird blind machen wollen.

Hake. Es wird mir schwer, ein Urtheil über ihn zu fällen. Hm! sollte Belmont einer solchen Handlung fähig seyn? Der Brief zeugt freylich wider ihn, und doch spricht ihn eine Stimme in meinem Herzen frei. — Wir müssen vorsichtig zu Werke gehen und vorher die Umstände genau untersuchen. Ist er schuldig, so soll er finden, daß ich der Mann nicht bin, der sein Kind und seine Familie ungeahndet beschimpfen läßt.

Valentin. Nun muß ich Ihnen noch sagen, gnädige Frau, was ich heute alles gesehn und gehört habe.

Henriette. So? Nun laßt hören!

Valentin. Erstlich ist der gnädige Herr heute beym Minister gewesen, und wie er zu Hause kam, ist er wohl zwanzig mal auf und abgegangen. (macht es nach.) Hernach hat er ein Billet bekommen, aber er konnte mir noch nicht sagen, was es enthielt.

Henriette (sieht immer ängstlich nach der Thür.) Gut, ich weiß schon genug.

Valentin. Ach Blitz! gnädige Frau, bald hätt ich das Beste vergessen. Heute hat Friedrich große seidne Mäntel geholt, so ohngefähr solche, wie die polnischen Juden tragen, und hernach hat er so papierne Gesichter zurechte gemacht.

Henriette. So? — Ei, ei! Es ist heute bal en masque — ganz gewiß will er mit seiner Schönen dort ein Rendezvous halten. — Ob ich auch hingehe? — Ja, es sey! Meinen Augen soll er gewiß nicht entgehen. Lorchen, mache mir eine Maske zurechte. — Ja, was für eine? — Eine Fledermaus —

Lorchen. Ganz wohl, gnädige Frau!

Valentin (hat indessen an der Thüre gehorcht.) Pst! gnädige Frau. Sie schließen auf — ich glaube, sie kommen.

Henriette. Desto besser! Kommen Sie, mein Vater, wir wollen uns auf einen Augenblick entfernen. Dem Himmel sey es gedankt! Diesmal soll er uns trotz aller seiner Vorsicht gewiß nicht entkommen. — Valentin — Lorchen — geschwind die Lichter weg, und uns nach)!

(Alle ab.)

Neunter Auftritt.

Belmont. Baron von Pens.

Belmont
(im Domino, aus dem Kabinet tretend.)

Nun, Freund, laß uns eilen. Die Zeit ist günstig.

Pens (als Frauenzimmer maskirt, aber gleichfalls im Domino und Federhut.)

(Indem sie gehen wollen, kommen Lorchen und Valentin mit Lichtern ihnen entgegen. Herr von Hake und Henriette vertreten ihnen den Weg.)

Zehnter Auftritt.

Herr von Hake. Henriette. Lorchen. Valentin. Die Vorigen.

Henriette.

Nicht von der Stelle! Ich kenne Sie, Maske. Stehn Sie!

Hake. Wenn Sie ein ehrlicher Mann sind, so nehmen Sie die Maske ab; auch Ihre Begleitung.

Belmont. Wie? Herr von Hake, ohngeachtet meines Ihnen gegebenen Worts — (widersetzt sich dem Demaskiren.)

Hake. Ihr Wort in Ehren, aber Sie haben mich hintergangen, und dieses Frauenzimmer ist —

Belmont. Frauenzimmer? Das ist zu viel. Baron, bemaskire Dich. (Beide bemaskiren sich.) Was sagen Sie nun?

Hake. Nichts. (zu Henrietten) Wer hat nun Recht — ich oder Du? — Eben so ungegründet wird auch das übrige seyn. Ei, ei!

Henriette (sieht den Baron noch einmal genau an.) Verwünschter Streich! (ab mit Lorchen.)

Belmont (zu Valentin.) Setzt das Licht dort auf den Tisch und geht fort. (ab.)

Valentin. Hat der Herr schön lange in dem Zimmer gewohnt?

Belmont. Fort, Elender!

(Valentin ab.)

F

Eilfter Auftritt.

Baron Pens. Belmont.

Pens.

Welcher Vorfall, lieber Belmont! Selbst Dein Schwiegervater hat sich mit Deiner Gemahlin vereint. Komm, laß uns den Augenblick nützen, ehe sie sich von dem Erstaunen erholen, in welches sie jetzt durch meinen unvermutheten Anblick gesetzt sind.

Belmont. Nein Freund, jetzt ist es zu gefährlich von hier zu gehen, denn die tolle Eifersucht meiner Frau läßt mich alles für Dich befürchten. Sie würde nicht ermangeln uns folgen, und dann wäre der letzte Betrug ärger wie der erste. Geh also wieder zurück, lieber Baron, ich werde schon sehen unsern Plan auf eine andre Art ins Werk zu setzen.

(Pens will nach dem Kabinet gehen, indem

Zwölfter Auftritt.

Karoline eintritt. Vorige.

(Karoline eilt auf Belmont zu, ohne Pens zu sehen.)

Belmont.

Seh' ich recht, gnädige Frau? Um Gottes willen, wie konnten Sie es wagen?

Karoline. Was wagt die Liebe nicht? Das Verlangen, meinen Gemahl zu sehen, räumte alle Hindernisse aus dem Wege, und die Dunkelheit der Nacht — (erblickt Pens, der bey ihrem Eintritt umgekehrt; sie eilt mit offnen Aermen auf ihn zu.) O mein Pens! mein Gemahl!

Pens. Zurück, Unwürdige!

Belmont. Pens! was hast Du mir versprochen? — Mäßige Dich doch. Ich will Dich mit ihr allein lassen, Du weißt die Ursache, warum.

(geht ab.)

Dreyzehnter Auftritt.

Karoline. Baron von Pens.

Karoline (nach einer Pause.) Darf Ihre unglückliche Gattin nicht in Ihre Arme eilen? Hab' ich Ihr Herz unwiederbringlich verloren? (will ihn umarmen.) Bin ich nicht mehr Ihre Lina?

Pens. Weg mit diesem Blicke voll Liebe und Zärtlichkeit, er ist Verstellung. Diese Aerme, die Sie jetzt nach mir ausbreiten, sind eben so willig, jeden Nichtswürdigen zu umfangen, der Ihrer Eitelkeit schmeichelt.

Karoline. Gott, welcher Vorwurf! Bin ich noch nicht elend genug?

Pens. Und wären Sie es auch, so fühlten Sie doch nicht die Hälfte der Leiden, die Sie meinem Herzen zugezogen. Sie haben mich und sich durch Ihren Leichtsinn in ein unabsehbares Elend gestürzt.

Karoline. Was hab' ich denn verbrochen, daß diese grausame Behandlung verdient? — Nichts, als daß ich den zärtlichen Empfindungen meines Herzens Gehör gab.

Pens. Eben das ist die Ursache Ihrer Verbrechen — aufrichtiger hat Ihr Mund noch nie gesprochen; Sie überheben mich dadurch der Mühe, Ihnen Vorwürfe zu machen.
(will ab.)

Karoline. Wenn Sie nicht wollen, daß Verzweiflung mein Loos sey, so bleiben Sie und sagen mir um aller Barmherzigkeit willen, wodurch ich Sie beleidigt und Ihren Haß verdient habe?

Pens. Undankbare! und Sie können noch fragen? Nun wohl, so hören Sie. Ohngeachtet aller meiner Bitten, erlaubten Sie während meiner Abwesenheit verschiednen meines Geschlechts den Zutritt, die Ihren Ruf mit Schande befleckten und Ihre Tugend verdächtig machten. Es war Ihnen bewußt, in welchem Verhältniß ich wegen meiner Verbindung mit Ihnen, mit meiner Familie stand, aber ohne die mindeste Rücksicht hierauf zu nehmen, ließen Sie sich von Wollüstlingen in alle öffentliche Lustbarkeiten führen, schwärmten ganze Nächte unermüdlich in rauschenden Ergötzlichkeiten; zogen dadurch den Haß meiner Familie, meine Enterbung und den Fluch meines Vaters auf mich.

Karoline. O Verzeihung, Verzeihung, mein Bester! Ich habe gefehlt, ich hätte Ihren Befehlen folgen sollen, aber ich war zu stolz auf meine Tugend, die ich mitten im

Geräusch der Welt durch meine Grundsätze gesichert wüßte, und zweifelte nicht an Ihrer Ueberzeugung von meiner zärtlichen Liebe für Sie. O Pens, könnten Sie in meinem Herzen lesen, Sie würden meine Unschuld und die Wahrheit meiner Worte finden.

Pens. Meine Geschäfte waren geendigt, ich komme zurück — kaum bin ich gekommen, so stürmt alles mit Bitten und Beschwörungen auf mich ein, eine Unwürdige, eine Treulose zu verlassen, die mich entehrt, die die Schande ihres Geschlechts ist. — Umsonst, nichts fähig mir Ihre Tugend verdächtig zu machen, ich halte es für Verläumdung, und gehe mich selbst zu überzeugen — Aber, o Himmel! ich komme und finde — finde, die mir mehr als mein Leben war, in den Aermen eines andern. — Ist das Unschuld? — Fort Ungetreue! — fort aus meinen Augen, ehe mein Zorn aufs neue erwacht, und an Ihnen die nämliche Rache nimmt, wie an dem Verräther —

Karoline. Hören Sie mich; bey Gott, ich bin unschuldig!

Pens. Unschuldig — Das geht zu weit! Bist Du auch unschuldig an dem Mord, den Du begiengst an dem Kinde, dessen Engelseele jetzt vor Gott steht, Dich anzuklagen?

Karoline. Großer Gott! ich eine Mörderin? Mörderin meines Kindes? Welcher Teufel in Menschengestalt hat diese Lüge erdacht, um den Samen der Zwietracht unter uns zu streuen? — Pens, mein Kind lebt, ist gesund, und ich habe es bey mir.

Pens. Mein Kind lebt? Lina, wag' es nicht mich zu hintergehen, ich habe glaubwürdige Zeugen.

Karoline. Mögen sie seyn wer sie wollen, mein Zeuge ist kräftiger.

Pens. Noch einmal, hintergehe mich nicht! Wessen war das Kind, das Du heimlich beerdigen ließest, dessen Anblick die Menschheit empörte, weil es von heimlichem Gift angeschwollen war?

Karoline. Es war das Kind meiner Amme; es starb an den Folgen der Blattern. Ich vergoß Thränen über seinen Tod, weil ich befürchtete, daß vielleicht ein ähnlicher Fall mir das meinige rauben könnte. Einige voreilige Freunde haben vielleicht die Ursache meiner Thränen falsch ausgelegt, und um uns zu entzweyen, diese schreckliche Lüge ersonnen. Konnte Pens wohl seine Lina einer solchen Grausamkeit fähig halten? Doch Du scheinst noch zu zweifeln? Komm, komm und überzeuge Dich.

Pens. Nein, nein, jetzt nicht; ich werde mich schon davon überzeugen. Es ist mir lieb um Deinetwillen, wenn es so ist. Wenigstens ist eine große Schuld weniger auf der Tafel Deines Gewissens.

Karoline. O, auch die andern werden verschwinden, wenn Du mich hören und Dich überzeugen willst. Denn wisse, der Unglückliche, den Du in meinen Aermen —

Vierzehnter Auftritt.

Vorige. Belmont (schnell hereinkommend.)

Belmont.

Freund, entferne Dich mit Deiner Gemahlin auf einen Augenblick in Dein Zimmer; meine Frau kömmt, ich werde sie so bald als möglich zu entfernen suchen. Verzeihen Sie (zu Karolinen), die Sicherheit meines Freundes und Ihre eigne erfordern diese Vorsicht, auch ist Ihnen die Grille meiner Gemahlin durch Ihr eignes Beyspiel sattsam bekannt.

(Karoline und Pens gehen ins Kabinet. Karoline läßt Handschuhe und Fächer auf dem Tische liegen, wohin sie sie zu Anfang ihrer Scene gelegt hatte. Belmont verschließt das Kabinet.)

Funfzehnter Auftritt.

Henriette. Belmont.

(Henriette kömmt trällernd herein, bleibt stehen. Beide sehen sich an — Sie lächelt.)

Henriette.

Sind Sie noch böse auf mich, Belmont?

Belmont. Hab' ich etwa keine Ursache es zu seyn? Sie haben mich durch Ihr Betragen auf das empfindlichste beleibigt.

Henriette. Ich habe gefehlt, es ist wahr; ich trieb es zu weit mit meiner thörichten Neugierde und Eifersucht — Aber rechnen Sie es der Stärke meiner Liebe zu; Sie wissen ja — Eifersucht ist der Probierstein der Liebe.

Belmont. Wohl gut, nur nicht auf eine solche für Sie und mich entehrende Art. Sie sollten von meiner Liebe und Achtung längst eines bessern überzeugt seyn.

Henriette. Das bin ich auch, mein Bester! — Vergebung —

Belmont. Sobald Sie wünschen, daß es nicht geschehen wäre, haben Sie mich nicht beleidigt. Sie waren krank, und dem Kranken rechnet man es nicht an, was er in der Fieberhitze spricht. — Doch, darf ich hoffen, daß Sie jetzt vollkommen genesen sind?

Henriette. Wenn ich Ihre Verzeihung habe, vollkommen. Auch nicht die geringste Spur ist zurückgeblieben.

Belmont. Bestes Weib, komm an mein Herz! Glaube mir, ich finde in Deinem Umgange mehr Freuden, als mir die ganze übrige Welt zu geben vermag; denn in Dir besitze ich ein Herz, das mich liebt, eine Schönheit, die mich fesselt, und eine vernünftige Freundin.

Henriette. (indem sie ihn umarmt, sieht sie Karollnens Handschuh und Fächer.) Ha, was ist das? — „Ich besitze ein Herz, das mich liebt, eine Schönheit, die mich fesselt" — — Da haben wir den Tartüffe! Während er mich umarmt, denkt er an seine Kreatur. — Nun, mein Herr! wollen

Sie es noch läugnen? Hab' ich nicht hier den deutlichsten Beweis in Händen? — Aber nun ists auch aus, rein aus! Ich habe wider meinen Willen den Befehl meines Vaters vollzogen, aber jetzt soll er erfahren, daß Sie ein Falscher, ein Treuloser, ein Heuchler, ein Lügner sind.

(ab.)

Sechszehnter Auftritt.

Belmont allein.

Hab' ich es nicht gedacht? Hahaha! Die schnellen Bekehrungen taugen doch niemals. Beinahe hätte sie mich aber dießmal getäuscht, als ob es wahr wäre. Auf einmal muß der Henker ein paar Handschuh, einen Fächer in den Weg legen, gleich brennt das Haus wieder an allen Ecken. Nun was hilfts? Geduld überwindet alles, auch eine eifersüchtige Frau.

Siebenzehnter Auftritt.

Belmont. Friedrich.

Friedrich.
Ein fremder Offizier wünscht Euer Gnaden aufzuwarten

Belmont. Er ist mir angenehm.

(Friedrich öffnet die Thüre, und geht ab.)

Achtzehnter Auftritt.

Duplat. Belmont.

Duplat.

Sind Sie der Herr von Belmont?

Belmont. Das ist mein Name. Und mit wem hab ich die Ehre —?

Duplat. Vors erste bitt ich um Verzeihung, daß ich noch so spät inkommodire. Ich nenne mich Duplat, stehe als Kapitain in englischen Diensten, und habe diesen Brief an Sie abzugeben, aus dessen Inhalt Sie die Ursache meines Hierseyns sehen werden.

Belmont (ruft.) Friedrich! — Stühle! (Friedrich kommt, setzt Stühle und geht.) Nehmen Sie Platz. (erbricht den Brief.) Mit Ihrer Erlaubniß. (Nachdem er gelesen.) Sie hätten nicht erwünschter kommen können. Mein Freund schreibt, daß Sie uns in der Sache des Barons von Pens die beste Auskunft geben könnten.

Duplat. Niemand besser als ich.

Belmont. Sie waren also zugegen, da das Unglück geschah?

Duplat. Nicht nur zugegen, sondern der Fall betraf mich selbst. — Doch eh' ich weiter rede, erlauben Sie mir eine Frage. Ist Pens hier?

Belmont. Diese Frage kann ich nicht eher beantworten, bis ich weiß, wie die Sachen wegen des gehabten Rencontres mit Pens stehen.

Duplat. Dieser wird ganz und gar nicht von Folgen seyn, wenn sich gewisse Dinge in Beziehung auf meine Schwester so aufklären, wie ich es wünsche. Sollte sich aber das Gegentheil ereignen, so stehe ich für nichts. Weil Sie doch von allem informirt sind, so sagen Sie mir zuvor, denn das entscheidet alles: Ist Pens mit meiner Schwester vermählt, wirklich vermählt? und erkennt er sie für seine Gemahlin?

Belmont. Diese Frage scheint Zweifel vorauszusetzen, und Sie als Bruder sollten doch wohl am besten davor unterrichtet seyn.

Duplat. Sollte freilich wohl seyn, bins aber gerad am wenigsten. Also? —

Belmont. Wie ich nicht anders weiß, ist Pens wirkli nach den Gesetzen vermählt, auch nennt er sie seine Gemal lin.

Duplat. Das ist mir genug. Wenn er Karolinen a seine Gemahlin anerkennt, so ist wenigstens von einer Se die Ehre meiner Familie gerettet. Die Verläumdungen, w che schlechte Menschen aussprengten, werden sich von sel widerlegen, und dann bleibt die Schande denen, die sie sonnen. Nun sagen Sie mir auch das noch: Ist Pens meiner Schwester hier?

Belmont. Ihr Aufenthalt ist mir bekannt, und w Sie wollen, können Sie beide in wenig Minuten sprech

lich sey, daß Ihnen die Verheirathung Ihrer Schwester nicht bekannt war?

Duplat. Ich war sechs Jahr in Amerika, und folglich zu entfernt, als daß ich oft Nachrichten von meiner Familie erhalten konnte. Meine Eltern sind schon lange todt. Eine weitläuftige Anverwandtin meiner Mutter nahm bey meiner Abreise meine Schwester zu sich. Sie können also leicht schließen, daß wir nicht oft Briefe gewechselt haben. In Amerika folgte ich blos dem Rufe der Ehre, und die Angelegenheiten meiner Familie waren meine geringste Sorge.

Belmont. Sie sind also vermuthlich noch nicht lange wieder in Deutschland?

Duplat. Ohngefähr vor drey Monaten kam ich in England an. Sobald ich meine Geschäfte dort geendigt, reiste ich nach Deutschland, um eine geliebte Schwester zu umarmen; allein ich fand sie nicht an dem Orte, wo ich sie verließ. Nach langem vergeblichen Forschen entdeckte ich endlich ihren Aufenthalt — voll brüderlicher Liebe flog ich in ihre Arme, aber kaum hatte ich sie an mein Herz gedrückt, als jemand plötzlich die Thür aufriß, mit entblößtem Degen wie ein Rasender auf mich eindrang. Ich vertheidigte mein Leben so gut ich konnte, aber eine heftige Verblutung raubte mir die Kräfte, ich sank nieder. Man hatte mich in meine Wohnung gebracht, die Geschicklichkeit des Arzts und meiner gute Natur stellten mich bald wieder her. Meine Schwester war indessen entflohn. Von meinen Freunden erfuhr ich, wer mein Gegner gewesen, auch die Ursache dieses Ueberfalls. — Was ich bey dieser Nachricht empfand, können Sie leicht denken.

Belmont. Ists möglich? Sie waren es, den Pens bey seiner Gemahlin überraschte?

Duplat. Was sagen Sie, Pens? Erlauben Sie, Bernstraf war es. Und ich werde ihm, sobald ich völlig wieder hergestellt bin, zeigen, daß ich der Mann nicht bin, der sich ungestraft beleidigen läßt. Zwar verdient er nicht, daß ic meine Klinge mit seinem Blute besudele, denn für Meuchemörder haben die Gesetze des Landes Strafe, doch dafür schützt ihn seine Familie.

Belmont. Um Gottes willen, Herr Kapitain, welch schreckliche Irrthum! — Also Bernstraf lebt? — Pens Pens ist der Unglückliche, der von Eifersucht geblendet, du falsche Freunde hintergangen, beinahe seinen besten Freu was sag' ich, seinen Bruder ermordet hätte!

Duplat. Aber was konnte ihn zu einer solchen T verleiten?

Belmont. Man hatte ihm die Tugend seiner Gen hin verdächtig gemacht. Da er sich wider den Willen se Familie heimlich mit ihr verbunden, so enterbte ihn sein gebrachter Vater, weil durch diese Verbindung sein P Pens mit Bernstrafs Schwester zu vermählen, vereitelt

Sie können leicht denken, wie aufgebracht beide Familien darüber sind. — Auch hatte Bernstraf sich um die Hand Ihrer schönen Schwester beworben; doch da sie Pens den Vorzug gab, so wurden sie unversöhnliche Feinde, und diese Feindschaft ist der Grund von allen Verdrüßlichkeiten, die sich seit einiger Zeit ereignet haben.

Duplat. Von dem allen ist mir nichts bewußt. Das einzige, was man mir erzählte, war die Verheurathung meiner Schwester mit dem Baron, und das zwar in sehr zweydeutigen Ausdrücken, nämlich daß er sie nicht für seine Frau anerkenne. Dieses war die Veranlassung meiner Reise, ich wollte von ihm Rechenschaft fordern für den Schimpf, den er meiner Familie angethan. Aber da die Sachen so stehen, freue ich mich in Pens einen Mann von Ehre zu finden. Wo ist er? führen Sie mich zu ihm.

Belmont. Wir brauchen uns nicht weit zu bemühn, er ist in der Nähe. (öffnet das Kabinet.) Komm Freund, umarme Deinen Bruder.

Neunzehnter Auftritt.

Karoline. Pens. Die Vorigen.

Karoline
(in Duplats Aerme eilend.)

Gott! mein Bruder!

Pens. (steht erstaunt.) Ihr Bruder?

Duplat (hält Karolinen noch in seinen Aermen.) Nun, Herr Baron, warum ziehn Sie nicht? — Sie haben die nämliche Ursache, wie vor sechs Wochen.

Karoline. O, mein Pens, komm und umarme meinen Bruder.

Pens (umarmt ihn.) Von Herzen! — Gott, war es möglich? Habe ich Unmensch wirklich den Bruder meiner L..na überfallen?

Duplat. Zweifeln Sie noch? Soll ich Ihnen meine Wunden zeigen? Sie sind noch nicht geheilt, so wenig als Sie es von Ihrer Eifersucht zu seyn scheinen.

Pens. O, ich verdiene diesen Spott. Himmel! was vermag Verläumdung nicht! Wie war es möglich, daß meine Vernunft gleichgültig ihren Beifall zu so einer schrecklichen That geben konnte?

Duplat. Danken wir dem Himmel, daß es so gut abgelaufen. Wie leicht hätten wir Einer des Andern Mörder werden können! Umarmen Sie mich und bleiben mein Freund. —

Karoline (zu Belmont.) Und Sie, großmüthiger Mann, wie soll ich Ihre Freundschaft vergelten! wie kann ich Ihnen verdanken, was Sie an uns thaten!

(umarmt ihn, indem tritt ein)

Zwanzigster Auftritt.

Henriette. Herr von Hake. Vorige.

Belmont.

Keine Danksagung, gnädige Frau! Das Glück, Sie mit meinem würdigen Freunde ausgesöhnt zu haben, ist die größte Belohnung für mich. (seine Gemahlin erblickend.) Doch hier kömmt noch eine Mißvergnügte, und durch Ihre Beyhülfe hoffe ich mich auch wieder mit ihr zu versöhnen. Es ist meine Gemahlin, und hier Ihr würdiger Vater. (zu Henrietten, die mit ihrem Vater noch in der Ferne steht.) Vermuthlich wollen Sie der Dame hier ihre Handschuh und Fächer wieder zustellen?

Henriette. Ich — ja! — aber mein Herr, ich wundre mich —

Belmont. Ganz recht! Sie wundern sich, wie wir doch so spät zu der Ehre dieses Besuchs kommen — Erst hier muß ich Sie mit diesen achtungswerthen Personen bekannt machen, dann wird Ihnen die Ursache ihres Hierseyns auch bekannt werden. — Dieses ist der Herr von Hans, den ich nach Ihrer Meynung erstochen, der aber, Gott Lob! frisch und gesund in diesem verschloßnen Kabinet, das Ihnen so viel Kummer gemacht, versteckt gewesen ist. Diese Dame hier ist seine Gemahlin, der Sie heute bey einem freundschaftlichen Besuch so eifrig Ihre eignen Zimmer aufbringen wollten. Und dieses hier ist der Herr Ka-

Kapitain Duplat, der Bruder dieser liebenswürdigen Dame, von dem Sie am besten erfahren können, was blinde Eifersucht vermag, wenn Sie etwa die schrecklichen Folgen derselben noch nicht ganz kennen.

Duplat. Ja Madam, bald hätt' ich das Unglück gehabt, ein Opfer davon zu werden. Doch, dem Himmel seys gedankt! es ist diesmal noch so ziemlich glücklich abgelaufen.

Pens. So wie alles heute. — Frau von Belmont, vergeben Sie; denn nur ich bin die Hauptursache Ihrer beiderseitigen Zwistigkeiten, nur ich habe den Frieden Ihrer Tage gestört.

Karoline. Ich nicht minder. Nicht wahr, Frau von Belmont, ich war wohl die Hauptursache Ihres Argwohns? — Doch nun ist ja alles gehoben, das Misverständnis ist aufgeklärt. Wir wollen also das Unangenehme vergessen und nur der Liebe Gehör geben.

Belmont. Was sagt meine Henriette dazu?

Henriette. Was soll, was kann ich sagen? Nur die zärtlichste, heftigste Liebe verleitete mich zu einer Eifersucht, die bald für Deine und meine Ehre die schlimmsten Folgen gehabt hätte. Jetzt sehe ich meinen Irrthum ein, ich bin beschämt darüber, und Belmont, wirst Du Deiner Henriette diesen thörichten Verdacht verzeihen?

G

Belmont. Von Herzen. Deine Liebe war der Ursprung desselben, und wer Vergebung wünscht, muß vergeben lernen. Komm an mein Herz!

Henriette. O mein Gemahl! — Aber hilf mir auch Deine schöne Freundin hier zu erbitten, daß Sie mir verzeiht, denn auch sie habe ich sehr beleidigt.

Karoline. Kein Wort mehr, meine Freundin, von dem, was unter uns vorgefallen. — Ach! ich weiß nur zu gut, was das Herz empfindet, wenn es einen geliebten Mann zu verlieren befürchtet. Wir waren beide in demselben Falle — Sie, durch zu heftige Liebe, und ich, theils aus Verläumdung, und theils durch meinen Leichtsinn. Doch ich hoffe, die Liebe hat uns versöhnt und unsere Fehler ausgetilgt. Nicht wahr, mein Pens?

Pens. Völlige Vergessenheit des Vergangnen. (zu Duplat.) Können auch Sie vergessen und vergeben?

Duplat. Ein Fehler ist allemal zu verzeihen, wenn man ihn einsteht und verbessert. Von nun an mein Bruder!

(umarmt ihn und Karolinen. Belmont umarmt Henrietten.)

Hake. So ist es recht, meine Kinder! Ich nehme den herzlichsten Antheil, Herr Baron. (zu Belmont.) Herr Sohn, auch mir müssen Sie verzeihen, daß ich ohngeachtet Ihres mir gegebnen Worts an Ihrer Rechtschaffenheit gezweifelt. Aber der Schein war wider Sie, und ich bin

Vater. Das Glück und die Ruhe meiner Tochter lag mir am Herzen. — Umarmt mich, meine Kinder! Ich bin froh, daß Euer Zwist sich auf diese Art geendigt hat. (umarmt Beide.)

Henriette. Von nun an entsage ich aller Eifersucht, und aller Neugierde.

Hake. Nun nun, meine Tochter, nicht zu viel versprochen; vielleicht mögte Dein Gemahl, um Dich zu prüfen, wieder eine Thür verschließen. — Merkts Euch, Kinder: Es giebt oft unter Eheleuten gewisse Zänkereyen, die wichtig werden, wenn der Mann so ungeschickt ist, sie ernsthaft aufzunehmen. Er behandle seine Frau wie ein Kind, mit Sanftmuth und Freundlichkeit, so wird alles bald wieder ruhig werden, und die Frau die Rolle des Kindes spielen, ohne es zu wissen.

Ende.